诗心艺韵

陈海红　陈松发 ◎ 编著

广东高等教育出版社
Guangdong Higher Education Press

·广州·

图书在版编目（CIP）数据

诗心艺韵/陈海红，陈松发编著．—广州：广东高等教育出版社，2020.12

ISBN 978-7-5361-6913-5

Ⅰ．①诗… Ⅱ．①陈…②陈… Ⅲ．①古典诗歌-诗歌欣赏-中国 Ⅳ．①I207.2

中国版本图书馆 CIP 数据核字（2020）第 214462 号

出版发行	广东高等教育出版社
	地址：广州市天河区林和西横路
	邮政编码：510500　电话：（020）87554153　87551163
	http://www.gdgjs.com.cn
印　刷	广州永祥印务有限公司
开　本	787 毫米×1 092 毫米　1/16
印　张	7.25
字　数	121 千
版　次	2020 年 12 月第 1 版
印　次	2020 年 12 月第 1 次印刷
定　价	36.00 元

序　言

　　文化是民族生存和发展的重要力量。中华民族传统文化博大精深、源远流长，中华诗词是中华民族优秀传统文化不可或缺的重要组成部分，是我们引以为豪的优秀文化遗产。诗起源于先秦，盛于唐代；词则开始于隋唐，在宋代登上顶峰。诗词是在古代社会生活、劳动生产、原始宗教等方面产生的一种富有韵律、感情色彩的语言形式，有凝练的语言、独特的构思、深邃的思想和丰富的感情，彰显了汉语独特的魅力和风采，数千年来一直深受中国人民乃至世界各地的民众所喜爱。中华诗词作为一种充沛的精神文化滋养着一代又一代中国人，培养和铸造着中华民族优秀的民族品格，屹立于世界的东方。

　　诗词与音乐、舞蹈、绘画、戏剧等艺术是共通的，都是生产、生活内容高度浓缩、集中、凝练和精淬化，给人们以视觉和情感的冲击，引起艺术的共鸣。诗词可以提升艺术的境界，而艺术形式又能呈现诗化的意象，相互交辉、相得益彰。如王维的画中有诗、诗中有画的境界，千百年来一直为世人所推崇，是诗词与艺术结合最好的例证。

　　陈海红和陈松发两位老师在诗词与艺术结合方面做了大胆的探索和有益的尝试。本书在讲解经典诗词的同时，让读者理解与之相关的音乐、舞蹈、绘画、戏剧等艺术作品。所选的诗词大都是耳熟能详的经典诗词，便于读者理解，其注释深入浅出，有详细的文字说明，包含作者对文章的理解和感受。文中所引用的资料旁征博引、内容丰富、观点独到，颇具深度。每篇文章最后都附有与诗词相关的艺术作品。尤为难得的是选取了不少粤剧作品，极具广东特色，让学生倍感亲切。

本书有助于艺术专业的学生学习中华诗词，传承中华民族优秀的传统文化，继而成为有中国风格、中国气派的艺术专业人才，同时也是文学、艺术爱好者的有益读本，期待能给他们带来美好的艺术享受。

郭建军

2020 年 12 月 18 日于南海

前　言

　　中国是伟大的诗词国度，诗词承载着内涵深厚的中华文化，是浩如烟海的中华优秀传统文化宝库中的一颗璀璨明珠。诗词歌赋，伴随着中华文化的发展，早已成为我们血脉中流淌的文化基因。中国诗歌的发展以"诗""骚"为源头，唐诗宋词为顶峰，并延续至今。诗歌涉及中国文化的方方面面，如音乐、舞蹈、绘画、戏剧、书法、建筑等。本书所谓艺术诗词，是指那些涉及音乐、舞蹈、绘画和戏剧的诗词。本书尝试以文化阐释理论为指导，对诗词进行分类解读，并注重对诗歌文化内涵的挖掘，旨在让读者结合当前的学习及社会生活更好地理解诗歌，也让诗歌的传统之美照进现实，产生新的活力。

　　《诗经》被誉为先民的歌唱，展示了西周初年到春秋中叶的文化画卷。孔子言："《诗》，可以兴，可以观，可以群，可以怨。迩之事父，远之事君，多识于鸟兽草木之名。"《楚辞》记录了楚地的文化事项，宋代黄伯思云："盖屈宋诸骚，皆书楚语，作楚声，纪楚地，名楚物，故可谓之'楚辞'。"唐代是诗歌发展的鼎盛阶段，名家迭出，诗歌创作波澜壮阔，题材广泛，表现了丰富多彩的社会生活内容。"诗圣"杜甫，他的诗被称为"诗史"，比如《登高》《春望》，以及"三吏""三别"记录了"安史之乱"对百姓及国事的影响；以王维、孟浩然为代表的山水田园派诗人，描绘了自然风光，表现自己闲适隐逸的情趣；以高适、岑参为代表的边塞诗人，大力创作反映边地生活的作品，描写边地战争，表现出对建功立业的热情和对和平生活的渴望；以白居易、元稹为代表人物的新乐府运动，则提倡学习汉乐府的优点，关注社会生活；等等。诗歌，俨然已成为记录人类行为的载体，是我们阐释古人文化观念、思维方式和情感取向的重要文本。

　　其实，历代诗人、词人的灼灼目光，无时无刻不在关注着当时的社会环境及自我的内心富足。如豪放飘逸的李白用"月下飞天镜，云生结海楼"来描绘奇妙美景，用"仍怜故乡水，万里送行舟"来表达初次离别家乡的留恋之情；李清照用"花影压重门，疏帘铺淡月，好黄昏"的白描手法来写春夜的静谧优美，表达惜春之意；民族英雄岳飞用"靖康耻，犹未雪"来表达对靖康之耻的恨，短促有力的三字句，既是对朝廷软弱的控诉，也是对自己建功立业的鞭策。中国诗歌讲究"言有尽而意无穷"，这就要求我们去关注其写作背景、作者生平，对其所写之景物进行考察与挖掘、对其表达之感情进行剖析与探究，从而去领悟言辞之外的丰富含义。

本书遴选了部分与音乐、舞蹈、绘画和戏剧有关的诗词进行解读，注重深入浅出、明白晓畅。为了更好地解读，本书分为"诗歌与音乐""诗歌与舞蹈""诗歌与绘画"和"诗歌与戏剧"，每一讲包括单元导读、阅读与欣赏、拓展阅读三部分。

第一部分为单元导读。帮助学生领悟单元主题，明确单元学习目标及学习内容，激发学生的学习兴趣，引起学生思考。

第二部分为阅读与欣赏。帮助学生在作品营造的特定情境中进行诗词诵读与鉴赏。

第三部分为拓展阅读。此部分旨在让诗词这一优秀传统文化之光能更直观地照进现实，在诗词与我们的学习、生活之间搭建一座桥，引发读者的思考，使诗词能更好地为我们所用。

编　者
2020 年 11 月

目录

第一讲　诗歌与音乐 ·· 001

　　蒹葭　《诗经》 ··· 004

　　西洲曲　南朝民歌 ·· 008

　　李凭箜篌引　[唐]李贺 ··· 013

　　关山月　[唐]李白 ·· 018

　　蝶恋花·答李淑一　毛泽东 ··· 022

第二讲　诗歌与舞蹈 ·· 029

　　陌上桑　汉乐府 ··· 032

　　观公孙大娘弟子舞剑器行　[唐]杜甫 ·· 036

　　白纻辞（其一）　[唐]李白 ·· 042

　　竹枝词二首　[唐]刘禹锡 ··· 046

　　花非花　[唐]白居易 ·· 050

第三讲　诗歌与绘画 ·· 055

观李固请司马弟山水图三首（其二）　[唐] 杜甫 ············ 058

终南山　[唐] 王维 ·· 062

竹石　[清] 郑板桥 ·· 066

惠州一绝　[宋] 苏轼 ··· 069

七律·人民解放军占领南京　毛泽东 ····························· 073

第四讲　诗歌与戏剧 ·· 079

长恨歌　[唐] 白居易 ··· 082

虞美人　[南唐] 李煜 ··· 092

钗头凤　[宋] 陆游 ·· 095

观《苏卿持节》剧　[明] 祝允明 ································· 099

点绛唇　[宋] 李清照 ··· 103

第一讲

诗歌与音乐

诗心艺韵

　　诗歌，是以抒情为主的文学体裁，是一种书面表达；音乐，是以听觉享受为主的艺术形式，是一种乐音表达。二者皆为中华大地上古老的艺术形式，它们有着怎样的渊源和联系呢？

　　从起源上说，诗歌和音乐都源于劳动，正所谓一切的文学艺术都起源于劳动。正如《尚书·尧典》所记"诗言志，歌永言"，它们共同指向我们的意志和情感。原始的诗歌并不是独立存在的，而是跟音乐和舞蹈相结合。《吕氏春秋·古乐篇》中有一段记载了这种亲密关系："昔者葛天氏之乐，三人操牛尾，投足以歌八阕：一曰载民，二曰玄鸟，三曰遂草木，四曰奋五谷，五曰敬天常，六曰建帝功，七曰依地德，八曰总禽兽之极。"

　　其中，"牛尾"是表演的道具，"投足"指舞蹈所表现的奋发振起之状，"八阕"指八支曲子，这些曲子和歌颂祖先与所从事的劳动生产、歌颂原始的宗教信仰等内容有关。葛天氏是传说中古代帝王的称号，他发明了"乐舞"。乐舞是一种集诗、词、歌、赋于吹奏弹唱，融钟、鼓、琴、瑟于轻歌曼舞的传统表演形式。因此，可以推断出诗歌和音乐就像一对孪生姐妹，二者同根同源。

　　到了西周春秋时期，这种亲密关系孕育了令人瞩目的硕果——《诗三百》。《诗三百》自汉代以后被尊为《诗经》，它以音乐为参考标准划分为"风""雅""颂"三部分，保留着歌、舞、乐三者相结合的特色。凡"三百五篇，孔子皆弦歌之，以求合韶、武、雅、颂之音"。可以说，《诗经》里的作品都是乐歌，这些作品是与乐、舞配合，按一定乐调歌唱的歌辞。

　　战国时期，"楚辞"大放异彩。"楚辞"又称"楚词"，意即"楚地的歌词"，本是楚地传唱的民歌。深受楚地民歌影响的《九歌》是楚辞的直接渊源。《九歌》原是祭祀时的巫歌，后经屈原加工而保留下来，具有明显的表演性，是"歌""乐""舞"三者的结合体。例如，首章《东皇太一》和末章《礼魂》分别是迎、送神曲，《东皇太一》描绘了祭祀天神时歌、乐、舞同时表演的场面：

扬枹兮拊鼓，疏缓节兮安歌，陈竽瑟兮浩倡。灵偃蹇兮姣服，芳菲菲兮满堂。

《礼魂》则记录了送神时的场面：

成礼兮会鼓，传芭兮代舞；姱女倡兮容与；春兰兮秋菊，长无绝兮终古。

汉魏六朝时期，"乐府诗"兴起并发展。"乐府诗"汉代本名"歌诗"，本是民间传唱的民歌，后因由国家音乐机构——乐府采集并演唱，故得名"乐府诗"。可以说，乐府诗是古代音乐繁荣变化的产物。汉魏西晋时期，乐府诗以清商旧曲歌辞为主，东晋南北朝时期，乐府诗以清商新声歌辞为主，在这两个阶段，民歌风谣、民间歌辞是乐府诗的主题。

而后，文人竞起仿效，大量利用乐府旧题以制辞，促使乐府歌曲演变为诗体，直到唐代，文人乐府诗全面发展，基本上已不合乐配曲。但是，唐代近体诗与唐人大曲有密切的联系，唐宋词的格律也大多来自燕乐杂曲，元曲原本来自"番曲""胡乐"，是传统诗词、民歌和方言糅合的结晶。诗歌与音乐，虽然在发展过程中表现为花开两朵各表一枝的状态，但是二者之间仍有许多关联。

诗歌和音乐的关系，历来深受关注。近代，也涌现出了许多佳作。例如，刘半农的《教我如何不想她》、陈蝶衣的《南屏晚钟》和以胡适的《希望》为原型的校园民谣《兰花草》等。

诗歌与音乐紧密结合，是我国古典诗歌绵延千年的传统，也是诗歌与音乐两个领域未来发展值得憧憬的方向。近年来，《经典咏流传》这类诗词文化音乐节目不仅让我们看到了传统文化和现代音乐融合产生的魅力，而且激发了以更多样化的艺术手段传播传统文化的热情。

蒹　葭

《诗经》

清代学者王国维在《宋元戏曲考》中说道："凡一代有一代之文学：楚之骚，汉之赋，六代之骈语，唐之诗，宋之词，元之曲，皆所谓一代之文学，而后世莫能继焉者也。"《诗经》正是先秦时期的时代最强音。蒹葭，即芦苇，是寻常可见的水边植物，芦叶、芦花、芦茎、芦根、芦笋均可入药，古人还用芦苇制作扫把。它随风飘荡，若飘若止，若有若无，但茎秆坚韧，若用蒹葭写思念，如何？

蒹葭苍苍[1]，白露为霜[2]。所谓伊人[3]，在水一方[4]。
溯洄从之[5]，道阻且长[6]。溯游从之[7]，宛在水中央[8]。
蒹葭萋萋[9]，白露未晞[10]。所谓伊人，在水之湄[11]。
溯洄从之，道阻且跻[12]。溯游从之，宛在水中坻[13]。
蒹葭采采[14]，白露未已[15]。所谓伊人，在水之涘[16]。
溯洄从之，道阻且右[17]。溯游从之，宛在水中沚[18]。

【注释】

1. 蒹葭（jiān jiā）：泛指芦苇。蒹，尚未吐穗的芦苇；葭，初生的芦苇。苍苍：茂盛的样子，这里是老青色的意思。
2. 为：凝结成。
3. 所谓：所说的，此指所怀念的。伊人：是人，这个人，指所思慕的对象。

4. 在水一方：那大水的一方。比喻所在之远。

5. 溯洄：逆流而上，指在河边逆流向上游走。溯（sù），逆流而上；洄，水流迂回之处。从：追寻。

6. 道阻且长：道路险阻而且漫长。阻，险阻，（道路）难走。

7. 溯游：顺流而下，指沿着河边向下游走。

8. 宛在水中央：顺流虽然易行，然所追从之人如在水之中央，就是近也是可望而不可即也。宛，宛然，好像。

9. 萋萋：苍青色。

10. 晞（xī）：干，晒干。

11. 湄：水和草交接的地方，指岸边。

12. 跻（jī）：升，高起，指道路越走越高。

13. 坻（chí）：水中的小洲或小岛。

14. 采采：众多的意思，犹言形形色色。

15. 未已：未止，也是未干的意思。

16. 涘（sì）：水边。

17. 右：迂回曲折。

18. 沚（zhǐ）：小洲，意义和"坻"相同。

《蒹葭》是一首描写相思之情的美丽诗歌，被誉为最打动人心的相思诗作，正所谓"古之写相思，未有过之《蒹葭》者"。"在水一方"，诗文塑造了一个空灵清澈、情思悠长的艺术意境。水、蒹葭、霜和露等本是寻常之物，但古人擅长用寻常之物，将人之常情写得意蕴深远，而这正是此诗打动人心的地方。相思之情，是人之常情，更是最美之情。

相思之美，在于对象之美。"蒹葭苍苍，白露为霜。所谓伊人，在水一方。"这时候已经是深秋了，我站在芦苇苍苍、白露凝霜的岸边，寻找那心中难向人诉说的、让我念念不忘的"伊人"。这时候，她会在哪里呢？是在那流水环绕的洲岛上吧！"蒹葭苍苍，白露为霜"是一种起兴的手法，"兴"是诗经六义之一。这是诗人触景生情的歌唱，不仅写出了深秋早晨凄清明净的景色之美，而且点明了诗作的时间和地点。"伊人"的形象，肯定是如水般纯洁、温柔的。在水一方，是伊人所处的典型环境，天高云淡，绿草苍苍，她独立在河水的那一边，可望而不可即。"伊人"这一意象，也被后代诗人、文学家反复引用。晋代的陶渊明写道："黄绮之商山，伊人亦云逝"；唐代的李益写道："国典唯平法，伊人方在斯"；宋代的苏轼写道："伊人畏照影，独往就阴息"；元代的谢应芳写道："姑苏台上遥相望，见湖山、如见伊人"；明代的何景明写道："嘉遁怀伊人，俯仰慨今昔"；清代的周亮工在《陈阶六在云间索同社诸子作画数十幅见寄感赋一诗》中写道："伊人盈一水，好句满千林"；甚至现代作家许地山在小说中写道："原来那是伊人底文件！我伸伸腰，揉着眼，取下来念了又念，伊人的冷面又复显现了。"可见，每个人心中都藏着一个"伊人"，不必描绘她的五官肤色，就能体会她的美。伊人，已成为中国文学的重要意象之一。

相思之美，还在于情感之美，历经挫折，备受阻隔，情丝却更为坚韧执着。"溯洄从之，道阻且长。溯游从之，宛在水中央。"诗人上下左右地求索，然而远道阻隔。《古诗十九首》继承了这种写法，写出了"河汉清且浅，相去复几许。盈盈一水间，脉脉不得语"，让我们看到诗作一脉相承的意境美，也让我们一步步地读懂什么叫"言有尽而意无穷"。"宛在水中央"又为伊人所在添上神秘一笔，让我们体会到诗人那种深深的企慕和求之不得的惆怅。"宛"，即宛然、好像，是理解此诗句的关键字眼，点明了伊人所处的环境描写是虚拟的，加深了惆怅之感。

"蒹葭萋萋，白露未晞。所谓伊人，在水之湄。"旭日初升，霜露渐融，初亮的天色，褪去了周围环境的迷蒙，心上人啊，她该出来了吧，可是，她仍在岸的那一边，可望而不可即。"溯洄从之，道阻且跻。溯游从之，宛在水中坻。"这是一唱三叹的写法，这种写法只是简单的重复吗？不是的，我们往下读。

"蒹葭采采，白露未已。所谓伊人，在水之涘。"这时候阳光普照，露珠将要被晒干了。三章同句，刻画了诗人追求伊人的时间和地点，渲染了三幅深秋早晨河边不同时间的背景图，从天色朦胧到初亮再到阳光明媚，伊人却依然可望而不可即。追寻的过程，不仅有环境的阻碍，还有幻象的干扰。诗作于"溯洄从之，道阻且右。溯游从之，宛在水中沚"的吟唱中结束，这种回环往复的写法，使得诗意更加隽永，表达的感情也更加执着。

事实虚化、意象空灵、整体象征是这首诗最主要的特点。诗中伊人，有人说是指秦襄公，此诗用来讥刺秦襄公不能用周礼来巩固他的国家；有人说是指秦国的贤人隐士；也有人说是指诗人思念的心上人。而在你心中，伊人又是谁呢？

音乐欣赏

歌曲 《蒹葭》

中国诗歌的发展经历了从诗乐一体到诗乐分离的过程。《诗经》产生的年代，正是属于诗乐一体的时期，《诗经》中的作品也被称为歌辞，即歌词。这时候，诗歌与音乐的关系实际上处于一种歌曲艺术的状态中。从某种意义上说，《诗经》中的诗歌等同于当时的民歌。《诗经》中的作品广泛流行于诸侯各国，被认为是当时的流行乐歌，运用于祭祀、朝聘、宴饮等各种场合，是周代礼乐文化的重要组成部分。这些作品按音乐功能的不同，分为风、雅、颂三类。"风"是带有地方色彩的音乐，相当于今天的民歌、民谣，包含了丰富的社会内容，是《诗经》的精华部分。例如，"周南"中的《关雎》《桃夭》，"魏风"中的《伐檀》《硕鼠》，"秦风"中的《蒹葭》等都是脍炙人口的名篇。"雅"是"王畿"之乐，"雅"又有正的意思，是周朝的正声，即典范之乐。"大雅"31篇是西周的作品，其作者主要是上层贵族。这些乐歌主要歌颂周王室祖先的功绩。"小雅"共74篇，除少数篇目可能是东周的作品外，其余都是西周晚期的作品。"小雅"的作者，既有上层贵族，也有下层贵族和地位低微者。《诗经》在很大程度上是周代礼乐文化的载体，其中的燕飨诗以文学的形式保存了周代礼乐文化的一些侧面。燕飨诗是指那些专写君臣、亲朋欢聚宴享的诗歌，在"小雅"中保存最多，《鹿鸣》《伐木》《南有嘉鱼》等均属这一类。"颂"是宗庙祭祀之乐，内容多是歌颂祖先功业的歌舞曲，全部是贵族、文人的作品，音乐节奏可能比较舒缓。

《蒹葭》共三章，每章八句，韵脚位置相同，韵律和谐，双声叠韵，朗朗上口，极富音乐美，想必先民在吟唱时也是婉转动人的。后人在试图重现诗乐时流向了两种不同的选择，一种是唱原作，比如电视剧《思美人》插曲《蒹葭》；一种是改编歌词，比如《在水一方》。你更喜欢哪一种呢？

西洲曲[1]

南朝民歌

"江南可采莲,莲叶何田田",当那位"荷叶罗裙一色裁,芙蓉向脸两边开"的曼妙女子,从江南水乡向我们走来时,她私藏在四季轮回中的悠长思念也打动了我们的心。

忆梅下西洲,折梅寄江北[2]。
单衫杏子红,双鬓鸦雏色[3]。
西洲在何处?两桨桥头渡[4]。
日暮伯劳飞[5],风吹乌臼树[6]。
树下即门前,门中露翠钿[7]。
开门郎不至,出门采红莲。
采莲南塘秋,莲花过人头。
低头弄莲子[8],莲子青如水[9]。
置莲怀袖中,莲心彻底红[10]。
忆郎郎不至,仰首望飞鸿[11]。
鸿飞满西洲,望郎上青楼[12]。
楼高望不见,尽日栏杆头[13]。
栏杆十二曲,垂手明如玉。
卷帘天自高,海水摇空绿[14]。
海水梦悠悠,君愁我亦愁。
南风知我意,吹梦到西洲[15]。

【注释】

1. 《西洲曲》选自《乐府诗集·杂曲歌辞》。西洲曲,乐府曲调名。
2. "忆梅"二句:女子见到梅花又开了,回忆起以前和情人在梅下相会的情景,因而想到西洲去折一枝梅花寄给在江北的情人。下,往;西洲,女子住处附近;江北,指男子所在的地方。
3. 鸦雏色:像小乌鸦一样的颜色。形容女子的头发乌黑发亮。
4. 两桨桥头渡:从桥头划船过去,划两桨就到了。
5. 伯劳:鸟名,仲夏始鸣,喜欢单栖。这里一方面用来表示季节,一方面暗喻女子孤单的处境。
6. 乌臼:现在写作"乌桕",落叶乔木,高约二丈,夏月开花,种子多脂肪,可用以制作肥皂及蜡烛。
7. 翠钿:用翠玉做成或镶嵌的首饰。
8. 莲子:和"怜子(爱你)"谐音双关。
9. 青如水:和"清如水"谐音,隐喻爱情的纯洁。
10. 莲心:和"怜心"谐音,即爱情之心。彻底红:隐喻怜爱之深。
11. 望飞鸿:这里暗含望书信的意思,因为古代有鸿雁传书的传说。
12. 青楼:油漆成青色的楼。唐朝以前的诗中一般用来指女子的住处。
13. 尽日:整天。
14. "卷帘"二句:当是承上文的"楼高望不见,尽日栏杆头"而来。忆郎不至,则登楼而望;楼虽高然而仍望不见,卷帘所见,唯有碧天自高,海水空自摇绿而已。海水,这里指浩荡的江水。
15. "海水"四句:终日栏杆独凭,唯见海水之悠悠,不仅现实如此,连梦境亦如海水之悠悠,于是从我之愁推想到对方之愁亦必如此,因此唯有祈望南风把梦境中的对方吹向西洲,使我能在梦中与所爱之人会面。

《西洲曲》是南朝乐府民歌中的名篇,也是南朝乐府民歌中最长的抒情诗篇,最早著录于徐陵所编的《玉台新咏》。诗中描写了一位江南女子对钟爱之人的思与忆,是一首洋溢着浓厚的生活气息和鲜明的感情色彩的思念之歌。

在信息传递极其缓慢的年代,以物寄情的雅致却被发挥到极致。南朝陆凯在《赠范晔》诗中,以梅花作为传达友情的信物:"折梅逢驿使,寄与陇头人。江南无所有，聊赠一枝春。"《西洲曲》中，梅花隐含了这位江南女子对情郎的相思之情。"忆梅下西洲，折梅寄江北。"首一句是起兴的写法，以梅起兴，梅花引发了女子的情思，她不禁回忆曾和情郎在梅花盛开的西洲约会的情景，催生了折梅寄北的行为。在这首诗中，梅花，是一个引发思念、表达思念和传递相思的重要意象。

"单衫杏子红，双鬓鸦雏色"，穿上了"杏子红"的"单衫"，梳起了"鸦雏色"的头发，这两句是对女子打扮及其美丽容貌的特写。所谓"女为悦己者容"，因为思念而盼望情郎的到来，所以精心梳妆打扮。一折、一穿、一梳，动作看似随意，却是对女主人公心理活动的入微刻画。"西洲在何处？两桨桥头渡。"西洲在哪里呢？坐上小船划两桨，西洲就到了。以上六句是这首思念之歌的开端，交代了一位江南女子折梅寄北，传递对江北情郎的思念。

"日暮伯劳飞，风吹乌臼树。树下即门前，门中露翠钿。开门郎不至，出门采红莲。"通过抓住"露""开""出"等动作描写，巧妙地刻画了女子陷于爱情时微妙的心理活动。"日暮伯劳飞，风吹乌臼树"是对女主人公居住环境的描写。《古微书》说："伯劳好单栖。"所以，这里的环境描写也是一种象征，显示了这位女子的孤独和寂寞。风吹叶落，她误以为心上人的脚步声，乃"门中露翠钿"，从门缝中探出头等候情人的到来。一"露"，表露了急切、害羞的少女情怀，但情人依旧是无影无踪，心中的焦急再也抑制不住了。"开门郎不至，出门采红莲"，打开家门没看见情郎，就出门去采莲。前六句是写女子于家中默默思念，而这六句是写出门采莲以消遣相思无望的寂寥。读到这里，那个在恋爱中患得患失，含羞的少女仿佛穿越了千年的时空，来到了我们眼前。无论是古人还是今人，陷在爱情中的表现竟是如此相似，情感基因的延续，让我们十分惊喜。

"采莲南塘秋，莲花过人头。低头弄莲子，莲子青如水。置莲怀袖中，莲心彻底红。"到南塘去采莲，莲花已经高过我的头了，低头剥莲子，莲子清澈如水，采一朵莲花藏在我的衣袖中，莲心通红，这多像我对他的一颗赤诚之心啊！此处，以"莲花""莲子""莲心"设喻，比喻女子对爱情的赤诚坚贞，也是语义双关的写法。双关隐语，是南朝乐府民歌中一个明显的特征，它在诗经时代的民歌和汉魏乐府民歌中很少见。"莲"与"怜"字谐音双关，而"怜"又是"爱"的意思，隐喻女子对情郎的爱恋。同时，"莲子青如水"暗示感情的纯洁，而"莲心彻底红"是说感情的浓烈。这些双关隐语的运用使诗歌显得含蓄多情。采莲，反而加重了这位多情女子的思念之情。

"忆郎郎不至，仰首望飞鸿。鸿飞满西洲，望郎上青楼。楼高望不见，尽日栏杆头。栏杆十二曲，垂手明如玉。"女主人公翘首望飞鸿，猜度此时的西洲上空应该满是飞鸿吧，可是她却连一封书信都没收到。带着种种疑惑，她登上了高楼，凭栏苦候。登楼望郎是动态画面，凭栏垂手是静态画面，一动一静写出了女子的痴情。"栏杆十二曲，垂手明如玉"，正写出女主人公此时百无聊赖的心境，与上文"单衫"两句恰成鲜明的对照。"双鬓鸦雏色"还显示着自信和希望，而"垂手明如玉"则表现出惆怅和怨恨，因为此时是空有"垂手明如玉"，尽日望郎郎不归！这种心理活动的描绘是白描式的，甚至"不著一字"，然而又是细致入微的，可谓"尽得风流"，体现出中国古代诗歌的独特风韵。

"卷帘天自高，海水摇空绿。海水梦悠悠，君愁我亦愁。南风知我意，吹梦到西洲。"诗歌至此，女主人公盼郎，郎不归，等书，书不到，心情陷入无端的惆怅。"海水梦悠悠，君愁我亦愁"，她不仅自己愁思绵绵，而且也想到了情郎同样会愁绪满怀；他们的愁思像蓝天、江水，无边无际，缠绵不绝。此时，便只有在梦中相见的希望了。"南风知我意，吹梦到西洲"，这是想象，更是希望：想象着能把自己的心事诉诸南风，请南风把自己的梦吹往西洲，带到情郎的身旁；希望郎心似我心，能到江南去见她。这种含蓄、细腻、婉转的表达方式，集中而典型地体现了南方民歌的艺术特色及其独特的艺术风格。在这里，南风是传递相思的精灵，是爱的信使。在古诗词中，还有许多意象，也可以传递相思，比如双鲤鱼、青鸟和鸿雁等。汉乐府有"客从远方来，遗我双鲤鱼"，李商隐说"蓬山此去无多路，青鸟殷勤为探看"，李清照说"云中谁寄锦书来，雁字回时，月满西楼"。这些表达了中国人美好情感的意象，愿我们能世代相承。

这首诗将女子的一往情深和自然界之景移物换紧密结合，通过女子所思及所为：折梅寄北、倚门盼郎、南塘采莲和遥望飞鸿等，将女子娇稚可爱之模样，焦灼急切之情怀，写得细腻传神，呼之欲出。在音韵方面，这首诗四句为一节，基本上也是四句一换韵，节与节之间用民歌惯用的"接字"法相勾连，读来音调和美，声情摇曳。今人新谱的《西洲曲》，以旧词入新曲，很好地体现了那种细腻婉转的感情。

音乐欣赏

歌曲 《西洲曲》

现存的南朝民歌清丽缠绵,大多数是情歌,属于清商新声歌辞,主要是吴声歌曲和西曲歌。吴声歌曲、西曲歌是在江南民歌的基础上发展起来的,它们的名称各自标志着产生的地点。吴声歌曲产生于江南吴地,主要流行于以当时首都建业为中心的地区。西曲歌产生于长江中部和汉水流域。吴声和西曲除"声节送和"有所不同外,形式和内容很少差别。吴声,西曲大部分是热情洋溢的情歌,或倾诉离情别绪,或诉说相思之苦,体裁短小精悍,每首只有四句,风格缠绵婉转,多用双关谐音的修辞。《西洲曲》在风格上与一般的吴歌、西曲并没有不同,但在体裁上有所不同,因它共有32句,也引发了后人对它是否由若干首短章组合而成的猜想。

李凭箜篌引

[唐] 李贺

音乐，是古代文人创作的重要素材，琴、瑟、钟、鼓等古乐器多次出现在古人的诗作中。我们在"此夜曲中闻折柳，何人不起故园情"的笛声中思念家乡；在"葡萄美酒夜光杯，欲饮琵琶马上催"的琵琶声中感受征人的无奈与悲凉；在"清瑟怨遥夜，绕弦风雨哀"的凄清瑟声中感叹芳草已暮，韶华已逝，古人不来，乡思难寄；在"几处吹笳明月夜，何人倚剑白云天"的感慨中呼唤长剑倚天的英雄。"湘娥啼竹素女愁，李凭中国弹箜篌"表达的又是一种怎样的感情呢？

吴丝蜀桐张高秋[1]，空山凝云颓不流[2]。
湘娥啼竹素女愁[3]，李凭中国弹箜篌[4]。
昆山玉碎凤凰叫[5]，芙蓉泣露香兰笑[6]。
十二门前融冷光[7]，二十三丝动紫皇[8]。
女娲炼石补天处，石破天惊逗秋雨[9]。
梦入神山教神妪，老鱼跳波瘦蛟舞[10]。
吴质不眠倚桂树，露脚斜飞湿寒兔[11]。

【注释】

1. 吴丝蜀桐：丝，指箜篌的弦；桐，指箜篌的身干。吴地之丝，蜀地之桐：吴地以产丝著名，蜀中桐木宜为乐器。形容箜篌的精美。张：调好弦，准备调奏。高秋：指弹奏时间。此句意为在天气爽朗的秋天弹奏起箜篌。

2. "空山"句：此句言连空山的云气也为箜篌声所吸引，凝而不流。山，一作"白"。颓（tuí），颓然，堆集、凝滞的样子。

3. 湘娥：湘水的女神，即古代帝舜的妃子娥皇、女英。传说舜死于苍梧（山名，在今湖南省宁远县）之野，二妃追踪至洞庭湖，听到不幸消息，南向痛哭，泪珠洒在竹上，因而有湘江一带的斑竹。素女：神话中的霜神。《汉书·郊祀志上》："秦帝使素女鼓五十弦瑟，帝禁不止，故破其瑟为二十五弦。"这句说乐声使湘娥、素女都感动了。

4. 中国：即国之中央，意谓京城长安。

5. "昆山"句：昆仑玉碎，形容乐音清脆。昆山，即昆仑山。凤凰叫，形容乐音和缓。

6. "芙蓉"句：芙蓉泣露，形容曲调的幽咽。香兰笑，形容曲调的欢快。唐时口语，称花盛开为笑。

7. 十二门：长安城东西南北每一面各三门，共十二门，故言。这句是说乐声使人感觉不到长安城的清冷。

8. 二十三丝：指箜篌。箜篌有各种式样，其中一种叫竖箜篌，体曲而长，有二十三弦。动紫皇，感动天神。道教称天上最尊的神为紫皇，这里用来指皇帝。

9. "女娲"二句：意谓箜篌声震惊了整个天界。古代神话，共工氏怒触不周山，天倾西北，女娲炼五色石把缺处补好。逗，意为引，引出来。

10. "梦入"二句：谓李凭的箜篌，把听者引入了幻境，仿佛他不是在人间弹奏，而是在神山之上把这绝艺传授给神仙。神妪（yù），《搜神记》卷四："永嘉中，有神现兖州，自称樊道基。有妪号成夫人。夫人好音乐，能弹箜篌，闻人弦歌，辄便起舞。"所谓"神妪"，疑用此典。鱼跳、蛟舞，意谓连无知的动物都为之感动而欢欣。

11. "吴质"二句：写深夜弹奏的情景。意谓不但人们被它吸引住，连月里吴刚聆音听曲，也为之不眠。此时，桂叶上的露珠斜飞，溅湿树下的寒兔，月光更显得清冷了。吴质，即神话中在月中砍桂树的吴刚。露脚，露珠下滴的形象说法。寒兔，指秋月，传说月中有玉兔，故称。

这是一首描写音乐的诗作，诗人通过大胆的想象和出人意表的比喻，让读者跨越时空，享受了一场荡气回肠的音乐盛宴。这首诗不仅语言俏丽、构思新奇，而且对乐曲的描写达到了惊天地、泣鬼神的效果，充满了浪漫主义气息，是一首典型的咏乐诗。

引，是一种古代诗歌体裁，篇幅较长，音节、格律一般比较自由，形式有五言、七言、杂言。李凭，是供奉宫廷的梨园弟子，擅长弹箜篌，传说"天子一日一回见，王侯将相立马迎"说的就是他。其身价与知名度，似乎并不亚于唐代"乐圣"李龟年。下面，我们来看看"诗鬼"李贺是怎样描写这个音乐奇才高超的演奏技艺的。

"吴丝蜀桐张高秋，空山凝云颓不流。湘娥啼竹素女愁，李凭中国弹箜篌。"起句开门见山，既呼应题目，又为下文描写李凭的高超技艺埋下铺垫。"李凭中国弹箜篌"点明了演奏者的姓名，交代了演奏的地点。"吴丝蜀桐"写箜篌构造精良，"高秋"表明时间是九月深秋。著名箜篌演奏家李凭在秋高气爽的日子里，怀抱一把绝世好箜篌，几声调弦就已经使得空旷山野上的流云凝滞不动，引得湘娥与素女潸然。这里诗人并没有正面描写演奏家的技艺，而是通过"空山凝云"和湘娥、素女听到乐声后的表现来体现，同时也吸引读者一探究竟。

"昆山玉碎凤凰叫，芙蓉泣露香兰笑。"这二句紧接起句，正面描写乐声。"昆山"句以声写声，写乐声时而清脆、时而和缓，着重表现乐声的起伏多变；"芙蓉"句则是以形写声，以芙蓉带露摹写琴声的悲抑，以香兰盛开的优美姿态渲染乐声的欢快动听，使乐声不仅可以耳闻，而且可以目睹，形神兼备。此时，我们也仿佛陶醉在乐声创造的诗情画意中了。而陶醉的结果是让我们仿佛忘却了现实的世界——"十二门前融冷光，二十三丝动紫皇"。现实中，深秋时节的风寒露冷当然是无法被琴声消融。这种写法虽然夸张，但表达的感受却在常理之中。"紫皇"是双关语，兼指天帝和当时的皇帝，诗人不用"君王"而用"紫皇"，是一种巧妙的过渡手法，承上启下，比较自然地把诗歌的意境由人寰扩大到仙府。

以下这六句承接上文，开启大胆想象和丰富联想，直让后世读者拍案叫绝，大为惊叹。"女娲炼石补天处，石破天惊逗秋雨。"意思是乐声传到天上，正在补天的女娲听得入了迷，竟然忘记了自己的职守，结果石破天惊，秋雨倾泻。《诚斋诗话》点评说"诗有惊人句"。"梦入神山教神妪，老鱼跳波瘦蛟舞。"其中,"神妪"应是用典。《搜神记》卷四:"永嘉中,有神现兖州,自称樊道基。有妪号成夫人。夫人好音乐,能弹箜篌,闻人弦歌,辄便起舞。"这两句写听众陶醉在美妙的乐曲中,以至于产生了幻觉,仿佛看见李凭在神山上教神妪弹箜篌,乐声感物至深,竟然使得老鱼跳波、瘦蛟飞舞。言下之意,是说李凭的技艺精湛,连神仙也佩服,愿意向他学习。老鱼和瘦蛟本来羸弱乏力,行动艰难,竟然也伴随着音乐的旋律腾跃起舞,这种出其不意的形象描写,使那无形美妙的箜篌声变得形象生动,浮雕般地呈现在我们眼前。"吴质不眠倚桂树,露脚斜飞湿寒兔。"乐声传入月宫,伐桂的吴刚听得竟忘了睡眠,呆呆地倚着桂树,久久地立在那儿;玉兔则蹲伏一旁,任凭深夜的露水洒落身上,把皮毛浸湿,也不肯离去。石破天惊、老鱼跳波、瘦蛟飞舞,是对音乐形象的文字展现,可谓神来之笔,感人肺腑。能与之媲美的恐怕只有白居易《琵琶行》中的"大弦嘈嘈如急雨,小弦切切如私语。嘈嘈切切错杂弹,大珠小珠落玉盘"了。

　　这首诗既寄托了诗人的情思,又表达了他对乐曲的感受和评价,其中对于音乐的描写,想象奇特,动静结合,新奇瑰丽,充满浪漫主义色彩。

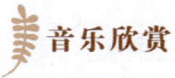 音乐欣赏

古筝弹奏 《箜篌引》

　　唐代是我国诗歌史上的黄金时代,也是我国音乐空前繁盛的时代。诗歌与音乐的关系向来密切,这种关系在唐代表现得更为明显。据统计,《唐诗纪事》所记1150诗家中,诗歌与音乐有关的超过200家,《全唐诗》中与音乐、舞蹈有各种关联的作品数不胜数。诗人储光羲在《长安道》一诗中写出了唐代社会"千歌百舞不可数"的盛况:"西行一千里,暝色生寒树。暗闻歌吹声,知是长安路。"唐代是诗歌创作繁荣的时代,诗歌名篇一方面为歌词创作

提供了歌词来源，另一方面也记录了当时的社会音乐、舞蹈发展的盛况。琴歌《阳关三叠》是根据王维的名诗《送元二使安西》谱曲而成的。李贺的《李凭箜篌引》则记录了李凭惊天动地的箜篌演奏技术。

今有《箜篌引》古筝古琴谱流传。此《箜篌引》由南京艺术学院传媒学院副院长、教授庄曜先生于1999年创作而成，由任洁首演。此曲取材唐诗中李贺的《李凭箜篌引》。该诗写的是梨园子弟李凭在都城长安弹奏箜篌时产生的泣鬼神、动天地、石破天惊的演奏效果。作曲家借诗意展开丰富的想象，运用现代作曲技法，乐曲前半部分以虚实相映的旋律，起伏多变的节奏，着意抒发原诗带有幻想性的意境。后半部分采用比较明快的舞蹈性节奏，既有轻灵，又有粗犷，既有婆娑翩翩，又有"石破天惊逗秋雨""老鱼跳波瘦蛟舞"的奇特景观，使听众随着乐曲进入一个天高地阔神话般的世界。

1 200 年前，诗人李贺致力于把自己对于李凭演奏的箜篌音乐的抽象感觉、感情与思想借助联想转化成具体的物象，使之可见可感。今天，庄曜先生又在这首奇幻瑰丽、光怪陆离的诗作中融入自己的臆想，将其转化为意境抽象的、扑朔迷离的音乐。诗人和音乐家的跨越时空的奇妙合作，使我们诵读诗歌时的想象力有幸在音乐中得到延伸。

诗心艺韵

关 山 月[1]

[唐] 李白

离别是古代诗歌常见的主题，在不同的诗人笔下，离别呈现出不同的感情。"莫愁前路无知己，天下谁人不识君"是洒脱的，"劝君更尽一杯酒，西出阳关无故人"是关切的，"海内存知己，天涯若比邻"是牵挂的，"多情自古伤离别，更那堪，冷落清秋节"是凄凉的。"桃花潭水深千尺，不及汪伦送我情"于离别见友情之深厚；"故人西辞黄鹤楼，烟花三月下扬州"，烟花三月之离别，充满了浪漫的想象；"仍怜故乡水，万里送行舟"，是游子对故乡的眷恋与不舍。诗仙李白笔下，他与友人的离别并不伤心，当他把对象转向征人时，离别又是一番怎样的滋味呢？

明月出天山[2]，苍茫云海间。
长风几万里，吹度玉门关[3]。
汉下白登道[4]，胡窥青海湾[5]。
由来征战地[6]，不见有人还。
戍客望边色[7]，思归多苦颜。
高楼当此夜，叹息未应闲[8]。

【注释】

1. 关山月：乐府旧题，属横吹曲辞，多抒离别哀伤之情。
2. 天山：即祁连山，位于今青海省东北部与甘肃省西部边境。因汉时匈奴称"天"为"祁连"，所以祁连山也叫作天山。
3. 玉门关：故址在今甘肃省敦煌市西北，是古代通向西域的交通要塞。
4. 下：指出兵。白登：今山西大同东有白登山。汉高祖刘邦领兵征匈奴，曾被匈奴在白登山围困了七天。《汉书·匈奴传》："（匈奴）围高帝于白登七日。"
5. 胡：此指吐蕃。窥：有所企图，窥伺，侵扰。青海湾：即今青海省青海湖，湖因青色而得名。
6. 由来：自始以来；历来。
7. 戍客：征人也。驻守边疆的战士。
8. 高楼：古诗中多以高楼指闺阁，这里指戍边兵士的妻子。曹植《七哀诗》："明月照高楼，流光正徘徊。上有愁思妇，悲叹有余哀。"此二句当本此。

这首诗是李白借乐府旧题创作的一首五言古诗。诗人聚焦西北边塞这一辽阔荒凉的特殊地带，写出了战争造成的巨大牺牲和给无数征人及其家属所带来的痛苦。

"明月出天山，苍茫云海间。长风几万里，吹度玉门关。"开篇四句，极富画面感，明月、天山、长风、玉门关构成一幅万里边塞图，给我们一种苍茫辽阔的感觉。"天山""玉门关"是在古诗中出现频率很高的两个词，特别是在唐诗中。唐王朝的政治、经济、文化空前繁盛，同时催生了军事的强盛。边塞诗派于盛唐全面成熟，诗歌主要描写边塞战争和边塞风土人情，以及战争带来的各种矛盾如离别、思乡、闺怨等，诗风悲壮，格调雄浑。边塞诗派以高适、岑参、王昌龄等为代表人物，李白虽然不属于边塞诗派，但这首《关山月》却完全可以划入边塞诗歌中。诗中"天山"即祁连山，祁连山脉绵延数千里，在西北边塞，是征人的征戍之地；玉门关是通向西域的交通要塞，王之涣的"羌笛何须怨杨柳，春风不度玉门关"表达了征人对家乡的思念，王昌龄的"青海长云暗雪山，孤城遥望玉门关"则表达了戍边将士那全局在胸、重任在肩的历史责任感。联系上下文，我们知道这四句诗是写征人东望所见，表达了征战漂泊、怀念家乡的感情。

"汉下白登道，胡窥青海湾。由来征战地，不见有人还。"这四句在结构上起着承上启下的作用，描写的对象由边塞过渡到战争，由战争过渡到征戍者。第一句用了汉高祖刘邦的典故，刘邦领兵征战匈奴，曾被匈奴在白登山围困了七天，诗中用此典故来写征战之难。而青海湾一带，则是唐军与吐蕃连年征战之地。这种历代无休止的战争，使得从来出征的战士，几乎见不到有人生还故乡。读到这里我们会很自然地联想到"秦时明月汉时关，万里长征人未还""醉卧沙场君莫笑，古来征战几人回""夜战桑乾北，秦兵半不归"等等，感受战争之残酷。唐代边塞诗作的一个特点是：虽写战争的残酷，但是诗人们并不是出于谴责战争的角度来写的，比如"但使龙城飞将在，不教胡马度阴山""报君黄金台上意，提携玉龙为君死"等，更多的是一种保家卫国的责任感。

"戍客望边色，思归多苦颜。高楼当此夜，叹息未应闲。"战士们望着边地的景象，思念妻子，此刻，妻子也睡不着吧，是否登上高楼，在苍茫的夜色中如我般叹息、容颜不展呢？诗歌至此，离别之情因为"戍客"这一特殊群体而显得格外深沉。正如高适所写"相看白刃血纷纷，死节从来岂顾勋"，将士们坚守节操，为国捐躯，顾不得个人的名利功勋，也只能将个人的离愁深深地埋藏在心底。

读罢这首诗，我们在"明月出天山，苍茫云海间"的广阔浩渺中感叹大自然的宏伟壮观，在"由来征战地，不见有人还。戍客望边色，思归多苦颜"的愁苦中思考战争带来的沉重代价，在"高楼当此夜，叹息未应闲"的无奈中哀叹离人思归的不幸遭遇，便更珍惜如今的太平盛世了。同时，我们也更加深刻地体会到了"哪有什么岁月静好，只不过有人替你负重前行"这句话的含义。如今，国家强盛，就是我们能够享受岁月静好的有力保证。

音乐欣赏

古筝弹奏 《关山月》

在中国传统文化中，琴棋书画历来被视为文人雅士修身养性的必由之径。古琴对古人来说，不但是乐器，还是抒怀寄情之物。古琴是我国最古老的弹拨乐器，是国乐之精粹。古琴的历史非常悠久，其产生的年代可以追溯到"三皇五帝"时代，据《礼记·乐记》记载："昔者舜作五弦之琴。"《说文解字》说："琴，禁也，神农所作。"传说神农氏"削桐为琴、绳丝为弦"，创造了最初的琴。当时只有五弦宫、商、角、徵、羽，对应五行的土、金、木、火、水。后来，周文王为悼念死去的儿子伯邑考而增加了一根弦；周武王讨伐商纣时，为了增加士气又增添了一根弦，便有了七弦琴。在数千年的历史长河中，古琴融合了人们的智慧，表现着华夏儿女对美好事物的赞颂与追求，深刻影响了中国传统文化的各个方面，是中国古代音乐艺术之林中的一枝奇葩。

古琴曲《关山月》，由清末民初的古琴家王宾鲁改编自山东民歌，刊于《梅庵琴谱》，因用李白的《关山月》填词成为琴歌而得名。曲子短小，曲风古朴大气，多用轮指，为梅庵派特征。《关山月》为汉乐府之曲，作者不详，原为横吹之曲，后移植而成琴曲，其曲为伤别之意，亦感慨戍边将士征战疆场而鲜有人还之怆。另外，清代有山东民歌"骂情人"亦借用此调。因此，还有一说此曲为山东民歌"骂情人"改编而成。琴曲《关山月》形成于清末，由音乐史学家杨荫浏将李白同名诗《关山月》填入曲中，并由王燕卿加轮指谱成琴曲，收入梅庵派琴谱，成为近现代广泛流行之琴曲。

蝶恋花·答李淑一[1]

毛泽东

毛泽东诗词被誉为中国革命的壮丽史诗,"中华儿女多奇志,不爱红装爱武装"歌咏英姿飒爽的女兵,"雄关漫道真如铁,而今迈步从头越"描写红军跨越娄山关的英姿,"钟山风雨起苍黄,百万雄师过大江"描写解放军渡过长江天险、不可阻挡的气势,"待到山花烂漫时,她在丛中笑"是对革命胜利的憧憬。"为有牺牲多壮志,敢教日月换新天",烈士的英魂,我们永远悼念。

我失骄杨君失柳[2],杨柳[3]轻飏[4]直上重霄九。
问讯吴刚何所有[5],吴刚捧出桂花酒[6]。
寂寞嫦娥[7]舒广袖[8],万里长空且为忠魂舞。
忽报人间曾伏虎,泪飞顿作倾盆雨[9]。

【注释】

1. 李淑一:(1901—1997),革命烈士柳直荀的夫人,毛泽东夫人杨开慧的好友。毛泽东写这首词时,李淑一正在湖南长沙第十中学任语文教员。
2. 骄:壮健的样子,这里含有坚强的意思。杨:指杨开慧,湖南长沙人,毛泽东的夫人。柳:指柳直荀,湖南长沙人,毛泽东早年的战友。
3. 杨柳:语义双关。一方面,在字面上,切合两位烈士的姓氏,因此用来代表两位烈士的忠魂，另一方面，又指洁白的杨花与柳絮，可以随风飘拂。因而词人想象两位烈士的忠魂，轻轻飘扬，直上九重天。

4. 飏（yáng）：通"扬"，飘扬。重霄九：即九重霄，指天的最高处。此句形象地歌颂了革命者为人民献身，虽死犹荣。

5. "问讯"句：问讯，询问、问候。吴刚，神话中月亮上的一个仙人。据唐代段成式《酉阳杂俎》记载，月亮里有一棵高五百丈的桂树，吴刚被罚到那里砍树。桂树随砍随合，所以吴刚永远砍不断。何所有，有什么。

6. 桂花酒：酒名，以桂花酿成，取其芳香。传说是仙人的饮料。

7. 嫦娥：神话中月亮上的仙女。据《淮南子·览冥训》，嫦娥（一作姮娥、恒娥）是后羿的妻子，因为吃了后羿从西王母那里求到的长生不死药而飞到月上。

8. 舒广袖：伸展宽大的袖子。形容舞蹈的姿势。

9. "忽报"两句：伏虎，即降伏猛虎，指革命胜利。这两句与词的开头相照应，意为两位烈士的忠魂忽然听见革命胜利的消息，顿时激动得热泪盈眶，化作倾盆大雨。这里表现了烈士对革命的无限忠诚，对祖国的无比热爱。

"蝶恋花"是词牌名，"答李淑一"是题目，李淑一是杨开慧在长沙福湘女中念书时的好朋友，答，即回复。这是毛泽东回应李淑一《菩萨蛮·惊梦》的一首词。这首词写于1957年5月11日。杨开慧于1930年10月被捕，因为拒绝敌人提出的只要宣布同毛泽东脱离关系即可自由的诱惑，最终被杀害。柳直荀，湖南省长沙县人，在毛泽东等人影响下学习和研究马克思主义并参加革命斗争，经杨开慧介绍，1925年与李淑一结婚，1932年在肃反运动中被夏曦杀害。

该词被评论家誉为一曲忠魂颂。

起句"我失骄杨君失柳"，诗人用两个"失"字，写出了失去爱人及战友的沉痛之情。关于"骄杨"，诗人如此解释：女子为革命失去性命，怎能说不坚强呢？

次句"杨柳轻飏直上重霄九"是对《菩萨蛮·惊梦》词中"征人何处觅，六载无消息"的最好回答，"杨柳"语义双关，既指杨、柳两位烈士，也指两位烈士的忠魂如杨花、柳絮轻盈飘飞，飘上了"重霄九"，进入了月宫。"重霄九"有烈士浩气长存之感，体现了诗人诗作一贯的雄姿英发的特征。

"杨柳轻飏直上重霄九",多么浪漫的情怀!

"问讯吴刚何所有,吴刚捧出桂花酒。"仙人吴刚为二忠魂"捧"出了桂花酒。"捧"写出了仙人吴刚对烈士的虔敬。关于吴刚,还有这样的一个传说:吴刚是汉朝西河人,炎帝之孙伯陵,趁吴刚离家,和吴刚的妻子私通,还生下了三个孩子,吴刚一怒之下杀了伯陵,因此惹怒太阳神炎帝,炎帝把吴刚发配到月亮,命令他砍伐不死之树——月桂。从此,吴刚就在月亮之上砍桂树、酿桂花酒。此处,诗人以吴刚勇于反抗的精神来衬托杨、柳二人的革命者气质。

下阕,起始二句"寂寞嫦娥舒广袖,万里长空且为忠魂舞",诗人从仙人把酒相迎,自然过渡到寂寞的嫦娥舒展起宽大的衣袖为英烈起舞,以表敬意。关于嫦娥奔月的神话传说,有几个比较主流的版本。其一,是说嫦娥不满现实生活,于是吞服不死之药,决绝地抛弃丈夫,独自奔月。其二,如屈原在《天问》中所说,后羿杀了河伯,并且霸占了河伯的妻子。后羿的婚内出轨让嫦娥极为恼火,她一气之下吞下不死之药,离家出走,飞到月宫之上。其三,如《淮南子·外八篇》中所说,和后羿一样擅射的逢蒙,听说后羿有不死之药,心生歹念,趁后羿不在家的时候前去偷窃,情急之下,嫦娥吞下不死药飞到了天上,由于不忍心离开后羿,嫦娥停留在月亮上的广寒宫。在前两个版本中,嫦娥都是一个大胆反抗的形象。嫦娥起舞,也以嫦娥之形象,衬托杨女士的革命者形象。

紧接着诗人大笔急转,"忽报人间曾伏虎,泪飞顿作倾盆雨",这一艺术夸张,形象而满怀激情地表现了英烈的激动之情。"泪飞顿作倾盆雨"句,多么高亢遒劲,多么雄浑磅礴,多么荡气回肠!这是混合着无限悲伤与欢喜的热泪!是超凡脱俗的热泪!同时这二句也传达出诗人自己内心对革命终于成功的不胜感慨的情怀。

这首诗的想象力极为丰富、奇异、巧妙。从烈士的姓氏到飘飞的杨柳之花,再到月宫,在那里受到吴刚的桂花酒及嫦娥起舞的欢迎,然后是热泪飞洒大地的宏大场面,天上、地下任诗人翱翔,体现了诗人非凡的笔力,将浪漫的精神、优美的古代神话和革命者的形象完美结合,将革命现实主义和革命浪漫主义完美结合。

 **音乐欣赏**

苏州弹词 《蝶恋花·答李淑一》

苏州弹词《蝶恋花·答李淑一》是赵开生融合多家评弹曲调唱法，吸收多种艺术成分滋养而成的苏州评弹艺术创新的代表，在新中国的音乐史上也有着特殊的地位。当时，用评弹谱唱《蝶恋花·答李淑一》，是个没有先例可以借鉴的大胆尝试。毛泽东的诗词有着博大精深的革命思想，宏伟的革命气魄，充沛的革命激情。评弹曲调以前所表现的都是传统书目，却有着浓厚的民族色彩，丰富的表现能力，可塑性比较大，并且和中国传统的诗词形式比较接近。如果加以革新、改造，是可以为新的思想内容服务的。

为了更好地理解诗词的内涵，赵开生专门请教了一些作家朋友，请他们为他详尽地解释诗词的背景和内在感情。有了感情的积淀，赵开生一遍又一遍地朗读，根据情绪的起伏，采用抑扬顿挫的朗诵音韵。于是，《蝶恋花·答李淑一》的初稿在朗诵中自然而然地就谱出来了。之后，经过无数次的斟酌修改，才成最终定曲。

评弹又称苏州评弹、说书或南词，是苏州评话和弹词的总称，是一门古老、优美的传统说唱艺术。评话通常一人登台开讲，内容多为金戈铁马的历史演义和叱咤风云的侠义豪杰。弹词一般两人说唱，上手持三弦，下手抱琵琶，自弹自唱，内容多为儿女情长的传奇小说和民间故事。

诗心艺韵

《蝶恋花》（傅抱石作）

拓展阅读

诗歌怎样成为歌词

"歌诗"——可以入乐歌唱的诗,既是中国古典诗歌的重要组成部分,又是中国古典诗歌绵延千年的一贯传统。然而,中国"歌诗"传统的衰落或者说断裂,新诗出现严重的诗乐分离,中国现代"歌诗"的极端不发达,却是让人痛心不已的事实。如何在当今文化语境之下重续中国"歌诗"的优良传统,如何在更高美学的层次上实现"诗""乐"的再融合,如何扭转当今诗坛、歌坛双双没落颓废的严重局面,如何再造中国"诗教"与"乐教"合一的文化理想,成为今天新诗界和音乐界需要共同面对的课题。问题的关键是:如何实现新诗"歌诗化",创造优秀的中国现代"歌诗"或"新歌诗"。

或许,一个典型的案例——从诗歌《希望》到歌词《兰花草》的改编——能够说明诗歌从语言格律到音乐格律、从视觉格律到声音格律再到旋律格律的整个过程和关系。胡适《希望》的原文是:

> 我从山中来,带着兰花草。
> 种在小园中,希望开花好。
> 一日望三回,望到花时过。
> 急坏看花人,苞也无一个。
> 眼见秋天到,移花供在家。
> 明年春风回,祝汝满盆花。

从书面阅读的效果看,《希望》一诗语言是白话,内容浅显,就是表达诗人心中的希望,该诗除了情感单纯、格调清新外,其余实在没有值得大加阐释的地方。不过,该诗引人注意之处,便是它的诗体和格律。在平常的诗意之外,该诗别有一种视觉美和声音美。它整首一段,每句五言,诗行整齐,而朗读起来,起伏顿挫、音韵和谐、铿锵有声。这就是说,该诗兼备视觉的格律和声音的格律,具有语言的格律。更进一步体会,该诗在语言的格律之上,反复吟诵,还有旋律节奏的潜质,是入乐歌唱的好素材。事实也正是如此。几十年以后,在20世纪70年代我国台湾地区的校园民歌潮中,曲作者张弼、陈贤德发掘了它的音乐潜质,为之谱曲。曲作者也注意到,《希望》一诗如果原封不动照搬入乐,可能并不理想。《希望》全诗共十二句,十二句固然可以六六平分，成为两段歌词，然而在内容上该诗是前八句与后四句对照，不可六六平分。同时，《希望》一诗固然音韵和谐、押韵工整，读之甚好，但从歌唱的角度看，某些音节尚不够圆润和谐，如"坏""祝""汝"等字比较拗口，还有诗行后四句的"a"韵太响，与前八句的"ao""e"两韵对比太强，韵脚的突转可能脱离歌曲音响的中心。综合多方面考虑，歌曲《兰花草》的作者对原诗《希望》做了较大的改编。一是句式的改编，为适应《兰花草》民谣风格的一段式曲式、适应每两句旋律构成的逻辑整体的歌曲句式，将原诗十二句扩展为十六句，分成两个八句、四个四句或者八个两句，使歌词无论在内容上还是形式上均与歌曲旋律的段式、句式形成对应。二是韵律的改编，改为后八句尾韵全押"ang"韵，同时配合句尾韵，全诗也通押腹韵和句首韵，诗歌韵脚于是在少数"遥条辙"之外，其余多数为"言前辙"和"江阳辙"，分别有"山""兰""园""望""看""看""兰""然""转""香"等音节。经过这样的改编，原诗纯洁清新、柔和婉转的风格保留了下来，同时原诗音响、音乐的潜质得到充分发掘，还大大增强了歌词的音乐感、旋律感，增强了歌曲听觉的、歌唱的效果。于是有了当代歌坛上久唱不衰的《兰花草》：

> 我从山中来，带着兰花草。
> 种在小园中，希望花开早。
> 一日看三回，看得花时过。
> 兰花却依然，苞也无一个。
> 转眼秋天到，移兰入暖房。
> 朝朝频顾惜，夜夜不相忘。
> 期待春花开，能将夙愿偿。
> 满庭花簇簇，添得许多香。

"格律化"可以说是现代"歌诗"在诗体建设方面的一条必由之路，更深入地说，从语言的格律发展到音乐的格律、从视觉的格律发展到声音的格律进而到旋律的格律，这个"格律化"的过程才算完成。从这里入手，或许是当今中国新诗突破困境、歌坛扭转风气、现代"诗""乐"再融合、再造"诗教"与"乐教"合一的文化理想的开始。

（资料来源：童龙超. 诗歌与音乐跨界视野中的歌词研究［M］. 北京：人民出版社，2016.）

第二讲 诗歌与舞蹈

诗心艺韵

诗歌以语言和文字为媒介反映社会生活和表达人类情感，舞蹈则以人体为媒介用直观达意的形体动作表达内心的情感。情感，诱发了诗歌和舞蹈等艺术形式的创作，对此，古人早有精辟的阐释。《毛诗序》曰："诗者，志之所之也，在心为志，发言为诗，情动于中，而形于言；言之不足，故嗟叹之；嗟叹之不足，故咏歌之；咏歌之不足，不知手之舞之足之蹈之也。"可见，诗歌、音乐和舞蹈是人类自身情感发生、发展和表现的不同层次。实际上，在中华民族漫长的发展历程中，诗歌与舞蹈这两种艺术形式有着极为密切的关系。

一方面，诗词是舞蹈的记录者，记录了舞蹈的表演场面、舞姿舞容和舞蹈道具。例如，《国风·陈风·宛丘》描述了一位男子对一位巫女舞蹈家的爱慕：

子之汤兮，宛丘之上兮。洵有情兮，而无望兮。坎其击鼓，宛丘之下。无冬无夏，值其鹭羽。坎其击缶，宛丘之道。无冬无夏，值其鹭翿。

当时的陈国巫风炽盛，巫舞四季不断，这首诗正反映了民间对巫舞的狂热追崇。其中"子之汤兮，宛丘之上兮"句饱含深情地写出巫女舞姿的优美奔放，两个"兮"字更是流露出诗人对巫女的爱慕之情。"鹭羽""鹭翿"都是舞蹈道具，鹭羽是用白鹭的羽毛做成的、可在手上舞动的道具，鹭翿是用鹭羽制作的伞形头饰。这位巫女一边跳舞一边敲打鼓和瓦缶，是为乐舞的最初形式。

汉唐两朝在文化历史上描绘了浓墨重彩的画卷，特别是唐代，国力强盛，诗歌与乐舞的发展都臻于佳境。唐代被誉为盛世诗国，亦是乐舞天堂，白居易、岑参等大诗人均写下关于舞蹈的诗歌，我们可以把这类作品称为"咏舞诗"。例如，白居易在《胡旋女》中细致地描绘了胡旋舞者的舞蹈之美："胡旋女，胡旋女。心应弦，手应鼓。弦鼓一声双袖举。回雪飘飘转蓬舞。"霓裳羽衣舞作为盛唐的象征，多次出现在唐诗中，白居易更是作长诗《霓裳羽衣舞歌》，对舞曲的结构、舞蹈动作、服饰和乐器等都做了详细的描绘，给后世留下了关于这支舞蹈珍贵的文字记录与永恒美好的想象。咏舞诗作为文化社会生活的特殊记录方式，有助于我们理解不同时期舞蹈的舞曲、舞容、情境及舞者的服饰、心态等，当然也有助于我们窥视不同时期的时代风尚。

另一方面，诗词是舞蹈创作灵感的来源之一，丰富了舞蹈的内容和意境，提升了舞蹈的内涵。例如，古典舞《罗敷行》中女主角的形象就来自乐府诗《陌上桑》中的主人公秦罗敷。诗歌中，秦罗敷是一位美丽机智、自信勇敢的女子，舞蹈也塑造了一位纯真俏丽、活泼可爱的少女形象。商周的礼乐、汉魏的舞戏、唐宋的乐舞等等，就像一根舞蹈文化的线索，把中国古典舞串联起来，使其成为一套整体有序的舞蹈体系，诗词亦然，先秦的《诗经》和《楚辞》、汉魏的乐府、唐诗宋词等等，是中华民族诗词宝库中的璀璨明珠。"大漠孤烟直，长河落日圆"的浑厚大气、"人闲桂花落，夜静春山空"的宁静清幽、"俱怀逸兴壮思飞，欲上青天揽明月"的潇洒浪漫、"才下眉头，却上心头"的刻骨相思，等等，都可以成为舞蹈学生在人文气质和艺术形体的塑造上的宝贵资源。

中国现代著名学者林语堂曾说："假如没有诗歌，中国人就无法幸存至今。"诗歌，指引着我们接受情感的体验和思想的洗礼。曾经有舞蹈家说："在我成长时期，感情和欲望都令我羞涩。而通过舞蹈，我终于可以应付自如，而不再觉得羞涩。"舞蹈，开启了舞者的人生旅程，如"美人舞如莲花旋，世人有眼应未见。高堂满地红氍毹，试舞一曲天下无""舞衫回袖胜春风，歌扇当窗似秋月"。诗词和舞蹈，是中华传统文化孕育的东方明珠，在漫长的发展过程中，它们互相融合、互相成就，我们应该开拓更多的研究视角，让这一优良传统继承和发展。

陌上桑[1]

汉乐府

古代中国是一个农业社会,春耕秋收、种桑养蚕、织布制衣是农耕文化的传统。曾经有一个略带喜剧色彩的民间故事,讲述了发生在田间陇上的故事,那便是采桑女秦罗敷的故事。

日出东南隅[2],照我秦氏楼。秦氏有好女,自名为罗敷。罗敷喜蚕桑[3],采桑城南隅。青丝为笼系[4],桂枝为笼钩[5]。头上倭堕髻[6],耳中明月珠。缃绮为下裙[7],紫绮为上襦。行者见罗敷,下担捋髭须。少年见罗敷[8],脱帽着帩头[9]。耕者忘其犁,锄者忘其锄。来归相怨怒,但坐观罗敷[10]。

使君从南来[11],五马立踟蹰。使君遣吏往,问是谁家姝[12]?"秦氏有好女,自名为罗敷。""罗敷年几何?""二十尚不足,十五颇有余。"使君谢罗敷[13]:"宁可共载不[14]?"罗敷前置辞:"使君一何愚!使君自有妇,罗敷自有夫!"

"东方千余骑,夫婿居上头[15]。何用识夫婿?白马从骊驹,青丝系马尾,黄金络马头;腰中鹿卢剑[16],可值千万余。十五府小吏[17],二十朝大夫[18],三十侍中郎[19],四十专城居[20]。为人洁白晰,鬑鬑颇有须[21]。盈盈公府步,冉冉府中趋[22]。坐中数千人,皆言夫婿殊[23]。"

【注释】

1. 陌上桑：陌，田间的路。桑，桑林。
2. 东南隅：指东方偏南。隅，方位、角落。中国在北半球，夏至以后日渐偏南，所以说日出东南隅。
3. 喜蚕桑：喜欢采桑。喜，有的本子作"善"（善于、擅长）。
4. 青丝为笼系：用黑色的丝做篮子上的络绳。笼，篮子。系，络绳（缠绕篮子的绳子）。
5. 笼钩：一种工具。采桑时用来钩桑枝，行时用来挑竹筐。
6. 倭（wō）堕髻（jì）：即堕马髻，发髻偏在一边，呈坠落状。倭堕，叠韵字。
7. 缃绮：有花纹的浅黄色的丝织品。
8. 少年：古称青年男子。
9. 帩（qiào）头：即绡头，是包头发纱巾。古人加冠之前，先以纱巾束发。这句描写少年们见罗敷美丽，脱下帽子整理发巾，用做作的举动来炫耀自己。
10. "来归"二句：但，只是。坐，因为，由于。这两句意思是说，耕者、锄者归来彼此抱怨，只是因为看罗敷耽误了劳作。又，清代陈祚明说："缘观罗敷，故怨怒妻妾之陋。"（《采菽堂古诗选》）亦通。这是民歌中的夸张手法。
11. 使君：汉代对太守、刺史的通称。
12. 姝（shū）：美丽的女子。
13. 谢：问，告。
14. 宁可共载不：宁，问词，作"乞"或"其"字解。共载，指与使君共乘，就是嫁给使君之意。不，通假字，通"否"。
15. 居上头：在行列的前端。意思是地位高，受人尊重。
16. 鹿卢剑：剑把用丝绦缠绕起来，像鹿卢的样子。鹿卢，即辘轳，井上汲水的用具。宝剑，荆轲刺秦王时带的就是鹿卢剑。
17. 府小史：太守府中地位卑下的小官吏。
18. 朝大夫：朝廷中大夫的官职。
19. 侍中郎：官名。按汉代的官制，侍中郎是加官，在原官上特加的荣衔，兼任这种官职的经常在皇帝左右侍奉。
20. 专城居：一城之主，如太守、刺史一类的官。
21. 鬑（lián）鬑颇有须：鬑鬑，鬓发稀疏貌。颇，略。颇有须，略有胡须。
22. "盈盈"二句：写自己的丈夫走起路来很有派头，在官府中走来走去。盈盈，冉冉均指舒缓貌。

23. 姝：优秀出众。

　　《陌上桑》是中国汉乐府民歌的名篇，是一首富有喜剧色彩的中国民间叙事诗。"日出东南隅，照我秦氏楼。秦氏有好女，自名为罗敷。罗敷喜蚕桑，采桑城南隅。"这是民歌的常用手法，天真浪漫，朗朗上口，点明女主人公姓名及其身份，写出了秦家女儿的健康阳光。下文接着描写女主人公的美丽："青丝为笼系，桂枝为笼钩。头上倭堕髻，耳中明月珠。缃绮为下裙，紫绮为上襦。"她灵巧的手上挎着一个精致的篮子，这个篮子用青丝做络绳，用桂树枝做提柄。她头上梳着堕马髻，耳朵上戴着宝珠做的耳环，下身穿着浅黄色有花纹的丝绸做成的裙子，上身穿着紫色的绫子做成的短袄。这些诗句一字不提罗敷的容貌，而人物之美已从用具、衣饰等的铺叙中映现出来。这是烘托的写法，通过环境之美和器物之美衬托罗敷之美。这时候，罗敷的形象已在我们脑中依稀可辨。再接着，通过侧面描写，进一步展现罗敷的美貌。"行者见罗敷，下担捋髭须。少年见罗敷，脱帽着帩头。耕者忘其犁，锄者忘其锄。来归相怨怒，但坐观罗敷。"以田间其他人看见罗敷的反应来写罗敷的美貌。走路的人看见罗敷，放下担子捋着胡子注视她。年轻人看见罗敷，禁不住脱帽重整头巾，希望引起罗敷对自己的注意。耕地的人忘记了自己在犁地，锄地的人忘记了自己在锄地，以至于农活都没有干完，回来后相互埋怨，只是因为仔细看了罗敷的美貌。至此，罗敷的形象在我们眼前逐渐变得具体和彰明。

　　诗作第二段，出现了一位戏剧性的人物——使君。"使君从南来，五马立踟蹰。"使君的马徘徊不前，言下之意是使君被罗敷的美貌吸引了。于是，"使君遣吏往，问是谁家姝？"接下来几句是使君和小吏的问答："秦氏有好女，自名为罗敷。""罗敷年几何？""二十尚不足，十五颇有余。"进而使君请问罗敷："宁可共载不？"罗敷上前置辞："使君一何愚！使君自有妇，罗敷自有夫！"罗敷义正词严地拒绝了使君的要求。面对罗敷的美貌，劳动人民只是驻足凝视，而使君却提出"共载"的无礼要求，这一情节一方面反映了罗敷的心灵美，另一方面也是对汉代权贵掠夺霸占妇女之事的揭露与控诉。

　　诗作第三段，写罗敷拒绝使君，并盛夸丈夫以压倒对方。本段全部由罗敷的答话构成，回应使君的无理要求，斥责、嘲讽使君的愚蠢，声明自己已有丈夫，丈夫威仪赫赫、仕途通达、品貌兼优。罗敷的伶牙俐齿使自以为身份显赫的使君自惭形秽，罗敷的不畏权势、敢于与权势斗争的精神充分体现出来了，表现了她的人格魅力。罗敷夸夫的内容也应用了侧面烘托的手法，表面上句句夸夫，而实际上则句句奚落使君，这正是全诗侧面写法的又一次运用。诗歌的喜剧效果主要也是从这里得到体现的。日本研究者李寅生认为这首诗"作为一首东汉的乐府诗，它具有少见的滑稽内容"。

这是一篇立意严肃、笔调诙谐的乐府叙事诗，罗敷美丽坚贞、勇敢聪明的形象深受人们的喜爱，其他艺术形式也乐于以秦罗敷为原型进行再创作，还获得不俗的反响。

音乐欣赏

女子独舞 《罗敷行》

汉武帝扩建乐府后，原始民歌经文人、乐工们的艺术加工，并加入笙、笛、琴、筝、琵琶等伴奏乐器，称之为相和歌。汉代的相和歌在今存汉代文献中尚无文字记载，后人只能根据后世文献，一窥相和歌之往昔。《宋书·乐志》记载了仅存的汉魏时期15首相和大曲的歌词。《陌上桑》是其中之一，歌词下注明这曲子有三解，"前有艳词曲，后有趋"（艳、曲、趋、乱几个部分是相和大曲的结构）。从这些描述我们大致可推测这首曲的表演情况。相和歌的音乐成分融合了以秦声为代表的北方民歌和以楚方为代表的南方民歌，体现了汉代南北的精华，对后世歌舞和说唱音乐产生了重要的影响。一方面，三段体（后期有所变化）歌舞曲的基本结构原则直接影响了南朝清商大曲以及后来更为成熟的隋唐歌舞大曲；另一方面，它也因其击节自唱的表演形式和歌词显著的叙事性特点，成为中国说唱音乐的先导。

古典舞《罗敷行》是根据叙事诗《陌上桑》的情节改编的古典舞女子独舞剧目。舞蹈旨在表现罗敷采桑时纯真俏丽、婀娜多姿的美好情态，把罗敷热爱生活、纯真无瑕的美好情操展现得淋漓尽致。中国古典诗词不仅可以成为舞剧编导的内容，更可以成为舞者文化气质的养成及神韵锻造的重要养分。

观公孙大娘弟子舞剑器行

[唐] 杜甫

舞蹈可以婀娜多姿、灵动柔美,如"娇情因曲动,弱步逐风吹。悬钗随舞落,飞袖拂鬟垂";舞蹈也可以铿锵有力、气吞山河,如"百里火幡焰焰,千行云骑骓骓。蹙踏辽河自竭,鼓噪燕山可飞"。"诗圣"杜甫之诗,号称"诗史"。如果杜甫以诗记舞,又是一番怎样的景象呢?

序:大历二年十月十九日,夔府别驾[1]元持宅,见临颍李十二娘舞剑器,壮其蔚跂[2],问其所师,曰:"余公孙大娘弟子也。"开元五年[3],余尚童稚,记于郾城观公孙氏,舞剑器浑脱[4],浏漓顿挫[5],独出冠时,自高头宜春、梨园二伎坊内人,洎外供奉舞女[6],晓是舞者,圣文神武皇帝初[7],公孙一人而已。玉貌锦衣,况余白首[8],今兹弟子,亦非盛颜[9]。既辨其由来,知波澜莫二[10],抚事慷慨,聊为《剑器行》。昔者吴人张旭,善草书帖,数常于邺县见公孙大娘舞西河剑器[11],自此草书长进,豪荡感激[12],即公孙可知矣[13]。

昔有佳人公孙氏,一舞剑器动四方。
观者如山色沮丧,天地为之久低昂[14]。
㸌如羿射九日落[15],矫如群帝骖龙翔[16]。
来如雷霆收震怒,罢如江海凝清光[17]。

绛唇珠袖两寂寞[18]，晚有弟子传芬芳[19]。
临颍美人在白帝[20]，妙舞此曲神扬扬。
与余问答既有以[21]，感时抚事增惋伤。
先帝侍女八千人[22]，公孙剑器初第一[23]。
五十年间似反掌[24]，风尘澒洞昏王室[25]。
梨园弟子散如烟，　女乐余姿映寒日[26]。
金粟堆南木已拱[27]，瞿塘石城[28]草萧瑟。
玳筵[29]急管曲复终，乐极哀来月东出。
老夫不知其所往，　足茧荒山转愁疾[30]。

【注释】

1. 夔（kuí）府别驾：夔州都督府的别驾。夔府，即夔州。唐太宗贞观十四年（640），夔州曾设都督府，故亦称夔府。别驾，官名。《唐六典》卷三十："下都督府：别驾一人，从四品下。"

2. 蔚跂（qí）：光彩照人，姿态矫健。

3. 开元五年：即公元717年。一作"开元三年"。开元三年，杜甫四岁，开元五年六岁，当以五年为近是。

4. 剑器浑脱：剑器舞和浑脱舞分别是唐代流行的武舞，这里指把剑器舞和浑脱舞结合起来成为一种新型舞蹈。《资治通鉴》卷注："长孙无忌以乌羊毛为浑脱毡帽，人多效之，谓之赵公浑脱，因演以为舞。"

5. 浏漓（liú lí）顿挫：疾捷酣畅而沉着有力。

6. 高头宜春、梨园二伎坊内人：指供奉宫廷的歌舞艺人。伎坊，亦称教坊，教练乐舞的机构。高头，即前头的意思，指在皇帝跟前。内人，亦称内伎，即前头人，居宫中。洎外供奉舞女：与内人相对而言，指不居宫中，随时应召入宫表演的舞伎。洎（jì），及。

7. 圣文神武皇帝：即玄宗，是开元二十七年（739）群臣所上的尊号。

8. 况余白首："况余"二字和上下文不相连属，李国松疑是"晚余"二字之误，说近是。

9. 亦非盛颜：也不怎么年轻了。盛颜，少壮时的容颜。

10. "既辨其由来"二句：意谓从李十二娘的师从关系，看得出她的技艺获得了公孙大娘的真传。波澜，借指舞蹈的意态节奏。

11. 西河剑器：剑器舞的一种。

12. 豪荡感激：指意态飞动，包含着激动的情感。

13. 即公孙可知矣：连上句意谓，张旭既然能从公孙大娘的剑器舞中吸取到一种"豪荡感激"的力量，那么公孙大娘舞蹈艺术的高妙，也就可想而知了。

14. "观者"二句：意谓观众为剑器舞所吸引，神意专注，忘掉了一切，恍惚间感觉天地也像是随着舞蹈的低昂而久久低昂。沮丧，失色而发愣。

15. "㸌（huò）如"句：㸌然下垂，如九日并落。㸌，闪动貌。

16. "矫如"句：矫然上腾，如群帝乘龙翔空。帝，天神。骖（cān），古代驾在车前两侧的马。

17. "来如"二句：上句写开场，下句写收场。剑器舞主要以鼓伴奏。舞前鼓乐喧阗，形成一种紧张的战斗气氛。鼓声一落，舞者登场，故云"雷霆收震怒"。舞时光彩四照，气象万千，只见一锦衣玉貌的女子，立在场中，故云"江海凝清光"。

18. 绛唇珠袖：指公孙大娘的歌和舞。

19. 传芬芳：继承了高超的技艺。芬芳，形容格调不同凡俗。

20. 临颍美人：指李十二娘，即上句说的"弟子"。

21. 既有以：即序文所说"既辨其由来"的意思。以，因由，原委。

22. 先帝：指已死的玄宗。

23. 初第一：犹言本第一。

24. 五十年：自开元五年（717）杜甫观公孙大娘舞剑器至作诗时的大历二年（767），为五十年。似反掌：形容时间过得飞快。

25. "风尘"句：意谓安史之乱，使得唐朝国运衰落。澒（hòng）洞，广大无边貌。王室，指唐代王室。

26. "女乐"句：女乐，泛指女性的歌舞艺人，这里是说李十二娘。李的舞蹈，犹有开元盛世的风姿，故曰"余姿"。这诗作于冬季，舞者"亦非盛颜"，映寒日，兼切时令和李即将迟暮的年华。

27. 金粟（sù）堆：即金粟山，在蒲城县（今陕西省县名）东北，玄宗葬于此，称泰陵。木已拱：言墓木已拱，即坟墓上的树木已有两手合抱那么粗了，意思是人死了很久。语本《左传·僖公三十二年》："中寿，尔墓之木拱矣。"拱，两手合抱。

28. 瞿塘石城：指夔州地带。瞿塘，瞿塘峡。石城，指白帝城。

29. 玳（dài）筵：玳瑁筵，指豪华、珍贵的宴席。

30. "老夫"二句：意谓自身漂泊西南，奔走荒山，历时已久，至今依然茫茫不知所往，因而愈来愈增愁苦。老夫，杜甫自指。足茧，脚底生了胝（厚皮），言奔走不息。

剑器，古舞曲名，是唐朝的一种武舞，舞者着戎装，或持剑而舞或空手而舞，表现一种力与美相结合的武健精神。公孙大娘是唐代著名的舞蹈家。这首诗是杜甫55岁时在夔州写的。杜甫幼年时，曾在郾城看过公孙大娘舞剑器，留下了不可磨灭的印象，如今，再看她的弟子李十二娘舞剑器。当时那种惊天地、泣鬼神的场面，再一次展现眼前，诗人不禁想起沧海桑田，半世漂泊，下笔成诗，自然免不了感伤往事，怀念盛世先人，抒发时代不同、人事蹉跎之感。

杜甫是我国历史上最伟大的诗人之一，出生于"奉儒守官"之家，考科举、入仕途是他的人生理想。但是，杜甫的科举之路坎坷，官场不得志，他亲眼看见了唐朝上层社会的奢靡与社会危机，经历了唐朝由盛世走向衰落的过程。因此，他的诗有比较深刻的忧患意识。

如果把本诗当作咏舞诗来阅读，可以得到哪些关于唐代舞蹈的历史资料呢？

首先，这首诗写了两场舞蹈表演，一详一略，一场是师父公孙大娘五十年前在郾城（今河南境内）的表演，另一场是弟子李十二娘在夔府（今重庆奉节一带）别驾元持家里的表演。

"昔有佳人公孙氏，一舞剑器动四方。观者如山色沮丧，天地为之久低昂。㸌如羿射九日落，矫如群帝骖龙翔。来如雷霆收震怒，罢如江海凝清光。"杜甫说李白"笔落惊风雨，诗成泣鬼神"，他自己的笔力也丝毫不差啊！起首八句比喻生动形象，想象大胆丰富，描绘了公孙大娘精妙绝伦的舞蹈技艺。"观者如山"，是写观众之多，"色沮丧"是写舞蹈场面给观众带来的震撼，观众因为舞蹈场面的震撼而脸色惊变，"天地为之久低昂"，天地也被她的舞姿感染了，起伏震荡，久久不能停。"㸌如羿射九日落，矫如群帝骖龙翔。来如雷霆收震怒，罢如江海凝清光。"剑光璀璨夺目，有如后羿射落九日，舞姿矫健敏捷，恰似天神驾龙飞翔，起舞时剑势如雷霆万钧，令人屏息，收舞时平静，好像江海凝聚的波光。以极尽夸张的修辞，超凡的想象力，写公孙大娘舞剑器的阳刚之美，让我们仿佛也感受到了强健的功力，震撼的场面，仿佛听到了铿锵的乐声。

"绛唇珠袖两寂寞，晚有弟子传芬芳。临颍美人在白帝，妙舞此曲神扬扬。与余问答既有以，感时抚事增惋伤。"这六句是写李十二娘的舞蹈，从侧面虚写，"传芬芳""神扬扬"轻轻一点，但也有万千气象在内，而且我们还可以从中看到公孙大娘的影子。"绛唇珠袖两寂寞，晚有弟子传芬芳"是过渡，公孙大娘的歌和舞都已经逝去了，幸好晚年有弟子继承和发扬这门艺术。临颍在河南中部，白帝城位于重庆奉节，"临颍美人在白帝"是否也有身世飘零之感呢？接上"与余问答既有以，感时抚事增惋伤"，确实给我们一种恍若隔世的感觉。诗人和李十二娘谈论剑器舞的来源，当初国势强盛，歌舞繁华，而公孙大娘的剑器舞名列第一，如今历尽战乱浩劫，国运衰退，李十二娘虽得师父真传，可惜生不逢时，她的美妙舞姿和徐娘半老的身影，只能在夔州这样的僻陋之地，与冬日残阳余光互相辉映了。

两位舞者，两种境地，映衬了唐王朝从强盛走向衰微的历史，以诗写史，以舞思人，"诗圣"杜甫，自有他的独到之处。公孙大娘是开元年间极负盛名的舞伎，并且在唐玄宗亲自教授的梨园弟子中名列第一，她就像那个时代的象征，颂扬公孙大娘的舞蹈艺术，实际则饱含着诗人对开元盛世的眷恋和对唐玄宗的怀念。

接着，两场舞蹈之后，是抚今追昔的感慨。"先帝侍女八千人"的夸张，使人想象到当年的国势强大、歌舞繁华的盛时景况；"五十年"前后大起大落的对照，体现了时代的沧桑巨变，使人感到无限凄凉，无限悲伤；"女乐余姿映寒日"，形容时过境迁，佳人空老，字里行间寄托着诗人忆昔伤今的浩叹，令人不忍卒读。

以上六句重在抚时感事，"金粟堆"以下六句则重在抒发内心的忧伤。由于歌舞的兴衰是和唐玄宗以及整个国家的命运紧密地联系在一起的，所以诗人又从眼前情景想到已死的唐玄宗，想到国运衰退，想到风雨飘摇的年代中自己的处境。五十年恍若一梦。转瞬之间，玄宗墓木已拱，而自己也流落西南，流落在这个草木萧瑟的夔州小城。过去的一切如同眼下丰盛的筵席和急管繁弦的歌舞一样，都已经结束了，再也不重来了。这时月亮已从东方升起。

诗人联想着往事，被一种乐极哀来的巨大的忧伤与迷惘所支配，以致不知道该往哪里去。"老夫不知其所往，足茧荒山转愁疾"二句把诗人当时忧伤迷惘的心情表现得十分形象生动。

读此诗，让我们一睹唐代剑器舞的表演盛况，同时感慨一代王朝的没落。此诗咏李氏而思公孙，咏公孙而思先帝，寄托作者念念不忘先帝盛世，慨叹当今衰落之情。在艺术表现上，既有淋漓顿挫的气势节奏，又有豪宕感激的动人力量，而前半热闹欢娱场面的渲染与后半乐极哀来的感伤遥相映照，更增强了诗歌的抒情效果。

舞蹈欣赏

宫廷舞 《剑器舞》

唐代的乐舞分为健舞和软舞两类。健舞的动作硬朗、刚健，剑器舞即属这一类型，表演者为女子，身穿戎装，手执宝剑而舞。剑器舞又称剑舞，因舞者手执宝剑舞蹈而得名，是唐宋时期的民间舞蹈。

剑器舞所用短剑的剑柄与剑体之间有活动装置，表演者可自由甩动、旋转短剑，使其发出有规律的音响，与优美的舞姿相辅相成，营造一种战斗气氛。舞蹈节奏为"打令"。剑舞原为男性舞蹈，经长期流传，逐渐演变成为一种缓慢、典雅的女性舞蹈。其种类较多，一般为4人舞。还有一种由流浪艺人流传下来的少年剑舞，其风格似武术，具有战斗性。

中国近代戏曲舞蹈中，梅兰芳借鉴太极剑创造了《霸王别姬》中的剑舞。中国舞剧《小刀会》《盗仙草》中的剑舞，既有独舞也有群舞，舞蹈编排丰富多变。

白纻辞（其一）

[唐] 李白

"扬眉转袖若雪飞，倾城独立世所稀"，当那位舞者穿越千年的时光，款款向我们走来时，你是否会惊叹于诗人细腻而传神的记载？

扬清歌，发皓齿[1]，北方佳人东邻子[2]。
且吟白纻停渌水[3]，长袖拂面为君起[4]。
寒云夜卷霜海空[5]，胡风吹天飘塞鸿[6]。
玉颜满堂乐未终[7]，馆娃日落歌吹濛[8]。

【注释】

1. 扬清歌，发皓齿：露出洁白的牙齿，唱出高亢清亮的歌曲。扬，飞扬，升高。发，启，开。此二句为倒装句，为了押韵和突出歌声。

2. 北方佳人东邻子：二者皆泛指美人。《汉书·孝武李夫人传》歌曰："北方有佳人，绝世而独立，一顾倾人城，再顾倾人国。宁不知倾城与倾国，佳人难再得。"司马相如《美人赋》："臣之东邻有一女子，云发丰艳，蛾眉皓齿。颜盛色茂，景曜光起。"此句把歌女写成如《北方有佳人》中的佳人和《美人赋》中的东邻女子那样的美人。

3. 白纻（zhù）：乐府吴舞曲名。南朝宋鲍照《白纻歌》之五："古称《渌水》今《白纻》，催弦急管为君舞。"渌（lù）水：古舞曲名。此句是指歌声曼妙。

4. 长袖拂面：白纻舞是以长袖拂动为主的舞蹈，此处亦以长袖的动作衬托舞伎的娇丽面容。

5. "寒云"句：言寒冷的夜晚，霜降云卷。霜海，言降霜地域之大。

6. 胡风：北风。蔡琰《悲愤诗》："处所多霜雪，胡风春夏起。"塞鸿：塞外的鸿雁。塞鸿秋季南来，春季北去，故古人常以之作比，表示对远离家乡的亲人的怀念。

7. 玉颜：形容美丽的容貌，多指美女。战国楚宋玉《神女赋》："貌丰盈以庄姝兮，苞温润之玉颜。"

8. "馆娃"句：言时至深夜，馆娃宫中歌唱声、乐器声仍然未停。馆娃，春秋吴宫名。吴人称美女为娃。

白纻辞，古乐府题名，本为乐府吴舞曲名，后来文人创作乐府诗，将描写白纻舞的诗作也取名《白纻辞》。这是一首描写歌者相貌美、歌声美、舞姿美的诗，亦是一首咏舞诗。唐代《白纻辞》多以七言体为主，每句用韵。其不仅可用作伴舞，而且可用于无舞而演唱，但仍与舞蹈有着密不可分的关系，是唐代舞蹈诗的重要组成部分，反映了唐人的审美好尚、舞伎的心理活动以及民间的风土人情，是研究唐代文化生活的重要资料。

"扬清歌，发皓齿，北方佳人东邻子。且吟白纻停渌水，长袖拂面为君起。"那位貌美无双的女子，歌声清亮，掩面起舞，长袖翩翩。开篇五句诗写出了唐代白纻舞载歌载舞的特点，从正面描写歌者的歌声、相貌和舞姿。

"寒云夜卷霜海空，胡风吹天飘塞鸿。玉颜满堂乐未终，馆娃日落歌吹濛。"即使在寒苦的塞外，阴冷的霜天，外边夜卷寒云，秋霜浓厚，白纻舞也给满堂听众带来无限欢乐。满堂的美女玉颜，乐曲没有终散，日落时分在馆娃宫中传来了阵阵美妙的歌声。塞外环境恶劣，长期漂泊在外的人们思念家乡，听到如此美妙的歌声，暂时忘记了漂泊塞外的苦楚。这是侧面描写，以环境的恶劣来反衬歌舞的美妙。

白纻舞发展到唐代，最大的成就并不是舞蹈上的技艺，而是在歌辞上的创作，唐代的许多著名诗人，像李白、王建、柳宗元、元稹等，都写过歌咏白纻舞的诗作。对于这样一种长盛不衰的舞蹈，古人的文字记载实在太简略了。我们现今只能根据一些诗作了解白纻舞。白纻舞衣不仅质地轻软，而且袖子很长。

这种长袖最能体现白纻舞的动作特点。舞女双手举起,长袖飘曳生姿,形成各种轻盈的动态。舞袖的动作有"掩袖""拂袖""飞袖""扬袖"几种。除了手与长袖配合而成的各种动作外,白纻舞还很讲究眼睛的神态,要求舞女用眼神配合或急或缓的舞姿,在精神上与观众进行交流。

  白纻舞有独舞和群舞。李白《白纻辞(其三)》有"扬眉转袖若雪飞,倾城独立世所稀"的句子,既然是"独立"那一定是单人起舞。南朝梁代沈约,曾经奉梁武帝之命写成《四时白纻歌》,分为《春白纻》《夏白纻》《秋白纻》《冬白纻》《夜白纻》5章。表演《四时白纻歌》时,通常为五个舞女集体起舞,表演结束后,这些舞女还要向观赏表演的王公贵族进酒。在表演白纻舞时,往往有声乐和器乐伴奏。晋代的《白纻舞歌诗》有"齐倡献舞赵女歌"的句子,说的便是用清唱伴舞。南朝的《白纻歌》有"秦筝赵瑟挟笙竽"的句子,则说明这种舞蹈的音乐伴奏有时还很丰富,要用筝、瑟、笙、竽等多种乐器。正是在铜管交响、轻歌流唱之际,舞女翩翩起舞,献出她们的妙技。

舞蹈欣赏

古典舞 《白纻舞》

  "白纻"是一种细白织品,产于吴地,同时也是一种吴地歌舞名。根据古籍记载,白纻舞最早出现于三国时期的吴国,是在劳动中产生的,而且先在民间流传,早期风格清新健康。吴国统治着长江中下游一带,其中有些地区出产纻布,特别是江西宜黄,盛产纻麻,也盛行用纻麻织布。那些织造白纻的女工,用一些很简单的舞蹈动作来赞美自己的劳动成果,创造了白纻舞的最初形态,并在汉族民间广为流传。到了晋代,白纻舞逐渐受到封建贵族的喜爱,至南北朝已经成为宫廷豪族的常备娱乐节目,表演极为频繁。这时舞女已经不穿素雅的白纻舞衣,而穿起带有各种花纹图案的丝织舞服,全身还佩饰着珠翠,连舞鞋上也缀有明珠。在红烛照耀下一派珠光宝气,闪烁不定。

  白纻舞的动作以手和袖的功夫见长,步法分轻缓和快节奏。当节奏开始时,舞者轻轻起步,两手高举好像白鹄在飞翔。舞者有时折腰转身,有时脚步轻移,舞姿飘逸,舞衣洁白,光彩照人。舞蹈者还善于运用眼神,含笑流盼,如诉如怨,产生了勾魂摄魄的魅力。白纻舞发展到后来,舞衣已经不再局限于白色。

竹枝词二首

［唐］刘禹锡

巴山渝水，滋养了巴渝文化，生活在长江上游巴山渝水的先民，以勇猛强悍和歌舞著称，留下了"武王伐纣，前歌后舞"的典故。《竹枝词》本是巴渝民歌，歌咏当地风物和男女爱情，富有浓厚的生活气息，中唐时期经刘禹锡改制获得强大的生命力，风靡一时。文人的参与使《竹枝词》由田间踏歌演变为华筵独唱，其曲词也受到广泛的欢迎。《竹枝词》在唐代是踏歌曲词，让我们一起来读一读这首舞曲歌辞吧！

其一

杨柳青青江水平，闻郎江上唱歌声[1]。
东边日出西边雨，道是无晴却有晴[2]。

其二

楚水巴山江雨多[3]，巴人能唱本乡歌[4]。
今朝北客思归去[5]，回入纥那披绿罗[6]。

【注释】

1. 唱歌声：西南地区，民歌最为发达。男女的结合，往往通过歌唱；在恋爱时，更是用唱歌来表情达意。唱歌，一作"踏歌"。踏歌是民间的一种歌调，唱歌时以脚踏地为节拍。
2. "道是"句：语义双关。晴，与"情"谐音。却，一作"还"。
3. 楚水巴山：泛指蜀楚之地的山水。
4. 巴人：①古巴州人。②古曲名。"《阳春》无和者，《巴人》皆下节。"晋张协《杂诗》之五为《巴人》唱，和者乃数千。此诗中指古巴州人。
5. 北客：作者自指，言客有思乡情也。
6. 纥（hé）那：踏曲的和声。刘禹锡另有《纥那曲》："杨柳郁青青，竹枝无限情。周郎一回顾，听唱纥那声。""踏曲兴无穷，调同词不同。愿郎千万寿，长作主人翁。"绿罗：①绿色的绮罗。②比喻绿水微波。③荔枝名。川人有称荔枝为绿罗者。诗中绿罗所指历来未能统一，三种解释者皆有，也都讲得通。

《竹枝词》是巴渝（今四川省、重庆市一带）民歌中的一种，其特点是边舞边唱，用鼓和短笛伴奏。刘禹锡在夔州任刺史时，非常喜爱这种民歌，他学习屈原作《九歌》的精神，采用了当地民歌的曲谱，制成新的《竹枝词》，描写当地山水风俗和男女爱情，富含生活气息。其中，"东边日出西边雨，道是无晴却有晴"是广为流传的佳句。

第一首诗巧妙利用谐音，以"晴"写"情"，表现少女沉浸在初恋中的心情。她爱着一个人，可还没有确实知道对方的态度，因此既抱有希望，又含有疑虑；既欢喜，又担忧。诗人用她的口吻，将恋爱之初患得患失的少女情怀巧妙地予以表达。

第一句"杨柳青青江水平"，是起兴手法，描写少女眼前所见景物。第二句"闻郎江上唱歌声"是叙事，写这位少女在听到情郎的歌声时起伏难平的心潮。"杨柳"，即柳树，在我国古代诗词中，杨柳是一个常见的富含情思的意象。最早出自《诗经》："昔我往矣，杨柳依依；今我来兮，雨雪霏霏。"杨柳最早就是柳树的意思，依依杨柳，美好春色留人沉醉，却是黯然离别之际；霏霏雨雪，冰天雪地的寒冷，竟是征夫回乡之时！在柳絮纷飞的季节离别，

诗心艺韵

而"柳"与"留"又谐音,自此,"柳"就被当作暗喻离别的意象流传下来。柳永的"今宵酒醒何处?杨柳岸,晓风残月"就表现了诗人离别之际,想留难留的愁绪。另外,由于柳树多种于檐前屋后,也常作故乡的象征。李白的"此夜曲中闻折柳,何人不起故园情"就抒发了对故乡的无限牵挂。在这首诗中,杨柳勾起了少女思念情郎的情思。

最后两句"东边日出西边雨,道是无晴却有晴",是两个巧妙的隐喻,用语义双关的手法,自然生动地写出令人难以揣摩的爱情本质。"东边日出"是"有晴","西边雨"是"无晴"。"晴"和"情"谐音,"有晴""无晴"是"有情""无情"的隐语。"东边日出西边雨",表面是"有晴""无晴"的说明,实际上却是"有情""无情"的比喻。这阴晴不定的天气,多像恋爱中的少女情思啊,多变、忐忑、迷惑、恍惚。这两句诗也是少女的心上人所唱歌词,他唱着歌、摇着船越来越近,她的心跳也随之急促,这是多么美妙的情思啊!

第二首诗是第一人称视角,写巴人的歌声引发了诗人的怀乡幽思,风格明快活泼,有浓郁的生活气息和鲜明的民俗特色。

首句"楚水巴山江雨多"表面看来是写巴渝地区的气候特点,然而"一切景语皆情语",实则写的是诗人贬谪远任的愁苦。刘禹锡因加入王叔文集团,反对宦官和藩镇割据势力,后又因写诗讽刺权贵,接连遭遇贬谪,写下"楚水巴山江雨多"时,诗人已历经将近二十年的贬谪生涯,可见,"巴山楚水"应是泛指诗人贬谪生涯的所到之地。"江雨多"既写出了贬谪之地偏远,自然环境恶劣,亦暗含人生风雨,有命运多舛之意。首句即定下了全诗的感情基调。

"巴人能唱本乡歌",伤心之际,巴人乡歌又传入耳。巴人,不但作战勇猛顽强,而且能歌善舞。诗人创作《竹枝词》组诗时,正在夔州任刺史,因此,此处应指大巴山本地人。竹枝词,因巴人歌舞用竹枝做道具、和声而得名。刘禹锡将巴人"前声断咽后声迟"的唱腔和伴以"竹枝"为道具及和声的舞蹈带到长安,使竹枝歌舞风靡全国。

"今朝北客思归去,回入纥那披绿罗。"歌已至此,思归之情,自然流露。那么,诗人想归何处呢?长安,这个唐代文人理想中的天朝圣地,怕已不是经历多次贬谪打击的诗人能够安放灵魂的归处了。那么,只有故乡可以收留这个满身伤痕的游子了。《纥那》当是诗人家乡的乡歌。身披绿色绮罗,踏着《纥那》曲的和声边舞边歌的乡人想必是来欢迎诗人归去的。

 舞蹈欣赏

古典舞 《踏歌》

踏歌是中国传统民间舞蹈。这一古老的舞蹈形式源自民间，远在两千多年前的汉代就已兴起，到了唐代更是风靡全国。所谓"踏歌"，即以足踏地，合着音乐节奏而舞。踏歌有时记作"蹋歌"或者"踏谣"，其称谓虽变，但都是以"踏"为基本内容。因此，广义上而言，凡是依照音乐节奏以足部踩踏动作为主的舞蹈都可以归为踏歌。据记载，唐时文人创作的《杨柳枝》《竹枝词》等舞曲歌辞，也可用于随意踏舞。

所谓"丰年人乐业，陇上踏歌行"，踏歌的母题是民间的"达欢"意识。踏歌以民间形态、古典形态交融共同诠释了从汉代起就有记载的歌舞相合的民间自娱舞蹈形式。踏歌，从民间到宫廷、从宫廷再度回到民间，其舞蹈形式一直是踏地为节，边歌边舞，这也是自娱舞蹈的一个主要特征。后来改编的舞蹈除了以各种踏足为主流步伐之外，还发展了一部分流动性极强的步伐，于整体的"顿"中呈现一瞬间的"流"，通过流与顿的对比，形成视觉上的反差。如今我们看到的古典舞《踏歌》，旨在向观众勾绘一幅古代丽人携手游春的踏青图，展现丰富的意象。

花 非 花

[唐] 白居易

意象,是中国诗歌的灵魂,意象的选择与提炼,反映了诗人的审美与笔力,如"鸡声茅店月,人迹板桥霜"就通过月、霜、茅店、鸡声、人迹、板桥这六个意象,把初春山村黎明特有的景色,细腻而又精致地描绘出来。备受推崇的还有:"枯藤老树昏鸦,小桥流水人家,古道西风瘦马。夕阳西下,断肠人在天涯。"枯藤、老树、树上落鸦、小桥、流水、水边住家、西风、古驿道、道上瘦马、西下夕阳,构成了一幅游子深秋远行图,成为描写思乡的最佳代表作。这些都是比较具体的意象组合,如果要表达一种朦胧的情感,可以选择哪些意象呢?

花非花,雾非雾,
夜半来,天明去。
来如[1]春梦几多时[2]?
去似朝云无觅处[3]。

【注释】

1. 来如:来的时候。
2. 几多时:没有多少时间。
3. "去似"句:去了以后,如早晨飘散的云彩,无处寻觅。朝(zhāo)云,此借用楚襄王梦巫山神女之典故。宋玉《高唐赋》序:妾在巫山之阳,高丘之阻,旦为朝云,暮为行雨,朝朝暮暮,阳台之下。

著名诗人白居易，他的诗人身份向来为人所熟识，但是人们容易忽视他的古琴演奏者、流行小曲填词者、乐舞评论家等身份。其实，早在我们读《琵琶行》时，我们就为他在音乐上的极高修养所折服。"轻拢慢捻抹复挑，初为《霓裳》后《六幺》"，且不说琵琶女接连演奏的曲子，诗人皆能一一识出，单是诗人对音乐的描写就让我们叹为观止，"转轴拨弦三两声，未成曲调先有情"，转轴、拨弦是琵琶弹奏的动作，诗人对琵琶弹奏的技艺了如指掌；"大弦嘈嘈如急雨，小弦切切如私语。嘈嘈切切错杂弹，大珠小珠落玉盘"，诗人对音乐的感受能力过人，信手拈来连串的比喻，特别是"大珠小珠落玉盘"，惊为天人。

白居易是唐代伟大的现实主义诗人，他提倡"文章合为时而著，歌诗合为事而作"，但《花非花》却是一个特例，诗人在诗中开拓出一个空灵迷茫的梦幻世界，"雾""春梦""朝云"，这几个意象都是朦胧的、缥缈的，诗人要表达的情感到底是什么呢？是失去恋人的怅然寂寞，还是理想未能实现的迷惘无奈？我们不得而知。

这首诗是诗人后期的作品，诗人历经半生仕途颠簸，对人生早已明澈，"花非花，雾非雾，夜半来，天明去"，世间万物，有什么是可以长久的呢？是江上清风、山间明月吗？可人生短暂，世间美好我们岂能长久拥有。白居易一生痴迷音乐和舞蹈，而且对乐舞艺人也较为同情和尊敬，并与他们保持着密切的交往。如今，他年岁已高，又有政务缠身，怕是欣赏歌舞也力不从心了吧。诗人以花、雾设喻，感慨世间之美好皆短暂易逝，难持长久。

"来如春梦几多时？去似朝云无觅处"一句加深了对世间好物皆短暂的感慨，正如诗人同期作品《简简吟》所写："大都好物不坚牢，彩云易散琉璃脆。"至人无己，诗歌、音乐、舞蹈等艺术形式，感染人的最高层次也是无为无相。诗人用空灵的笔法，语义双关的修辞，写下这首朦胧小诗，使读者在不自觉中陷入对美好事物的感怀与悼念中。

此诗还有一个特点，就是全诗运用三字句与七字句组合而成。这是唐代民间歌谣"三三七"句式的活用，其功用是兼有节律整饬与错综之美，极像后来的小令。白居易之后有人采用此诗句式为词调，而以"花非花"为调名，《花非花》词牌即始于此。

现代舞 《花非花》

诗人对这首诗作极为珍爱,还亲自为它度曲,可惜原曲今已失传。后人喜爱这首诗,也为它谱曲,并编排舞蹈,使它广为流传。女子独舞《花非花》,以黄自谱曲的《花非花》为配乐,素雅空灵的乐曲和轻盈柔美的舞姿,传神地再现了白居易诗中所描写的如梦如幻、转瞬即逝的美好形象。

古诗词怎样提升中国古典舞的意境

中国古典舞是博大精深的中国传统艺术中的一种,夏商的礼乐、汉魏的舞戏、唐宋的乐舞、元以后的戏曲舞蹈等等都在中国古典舞的范畴内,它根植于中国传统文化的沃土,以神韵为灵魂,讲究意象的表达。所谓神韵,泛指内涵、神采、韵律、气质,"以神领形,以形传神",是可以通过身韵、表情、眼神、呼吸等艺术手段传达的,也是能以道具、灯光的创设传递的。舞蹈中的意象主要通过"形"的变化来尽意,"形"指的是包含张力的舞蹈动作。所谓"形未动,神先领,形已止,神不止",说的就是形和神的相互关系与内在联系。

古诗词同样讲究意象的塑造和意境的表达,追求"书不尽言,言不尽意""言有尽而意无穷",诗人通过意象来表达感情,通过意境来诱发和开拓审美想象空间。意象,是古诗词塑造的重要艺术形象,而一个个意象,构成了可以感知、体悟的意境。例如张若虚《春江花月夜》通过春、江、花、月、夜五个主要意象,抒写了游子思妇真挚动人的离情别绪以及富有哲理意味的人生感慨,创设了一个诗情画意、奇特空明的意境。意象和意境作为古诗词的重要元素，内涵丰富，蕴藉隽永，可以引发舞者对于身韵、形体的感悟，激发舞者对于舞蹈技能的把握，帮助舞者进行形体与气质的塑造。以《春江花月夜》为例，能较好地说明古诗词对中国古典舞意境的提升。

"春江潮水连海平，海上明月共潮生。滟滟随波千万里，何处春江无月明！"这四句勾勒出一幅江潮连海，月共潮声的壮观景象，这时候，人如江海中的一滴水，随潮涌动，感受天地湖海的辽阔、月出江海的壮丽。"江流宛转绕芳甸，月照花林皆似霰。空里流霜不觉飞，汀上白沙看不见"，慢慢地，从宏观到微观：江流宛转，花草丛生，花朵上还有水珠在闪烁，芳香阵阵沁人心脾，江天一色，皎洁明亮。把这些美景装进心中，舞者的眼神，能没有神采流动吗？"江天一色无纤尘，皎皎空中孤月轮"，看，那一轮孤月高悬空中，你的心、神、形怎能不被它带动？你怎能感受不到它的高洁与唯美？这些具体的意象，传递出丰富的情感，可以丰富舞者的内心，帮助舞者锤炼准确的肢体语言，表达确切的意境。

"江畔何人初见月？江月何年初照人？"江边上什么人最初看见月亮，江上的月亮哪一年最初照耀着人？诗人神思飞跃，但又紧紧联系着人生，探索着人生的哲理与宇宙的奥秘。"人生代代无穷已，江月年年望相似。"个人的生命是短暂即逝的，而人类的存在则是绵延久长的，因此"代代无穷已"的人生就和"年年望相似"的明月得以共存。诗人虽有对人生短暂的感伤，但并不是颓废与绝望，而是缘于对人生的追求与热爱。舞蹈与诗词一样，都需要传递思想、传达精神，古诗词能引发舞者对宇宙人生的思考，帮助舞者沉淀内心，升华思想。

诗篇中用月徘徊来写思妇对游子的思念，那一抹月光，调皮地洒在妆镜台上、玉户帘上、捣衣砧上，你想卷上玉户帘，赶走这恼人的月色，可是月色"卷不去""拂还来"，"卷"和"拂"两个动作，惟妙惟肖地表现出思妇内心的惆怅和迷惘。同样地，舞蹈动作也可以展示内容，传达意境，同样的动作，不同的舞者往往能展现出不同的意境，而结合古诗词的情境，舞者能更深刻地体会动词所蕴含的饱满感情，演绎更加灵动传神的动作。

古诗词对于意境的表达是极致的，《春江花月夜》最后用落花、流水、残月来烘托游子的思归之情。花落幽潭，春光将老，人还远隔天涯，江水流春，流去的不仅是自然的春天，也是游子的青春、幸福和憧憬。江潭落月，更衬托出他的凄苦与落寞。沉沉的海雾隐遮了落月；碣石、潇湘，天各一方，道路是多么遥远。他思忖：在这美好的春江花月之夜，不知有几人能乘月归回自己的家乡。他那无着无落的离情，伴着残月之光，洒满在江边的树林之上。"落月摇情满江树"，这结句的"摇情"——将月光之情、游子之情、诗人之情交织成一片，洒落在江树上，也洒落在读者心上，情韵袅袅，摇曳生姿，令人心醉神迷。这种极致的意境描绘，能帮助舞者提高对美的体悟，提升舞者的人文素养，塑造舞者的气质。

　　古诗词与古典舞这两种古老的艺术形式，在形式和内涵中都体现了极深的历史渊源和文化底蕴，同为华夏文明留给后人的瑰宝。在漫长的历史中，它们互相成就、互相装点，成为中国古典艺术中的一道绮丽风景。新时代，应该重视诗词与舞蹈的交流，使古老的艺术焕发新的光彩。

（资料来源：杨名. 唐代舞蹈诗研究［M］. 北京：人民出版社，2016.）

第三讲

诗歌与绘画

诗心艺韵

导读

  诗歌是一门以文字为媒介的语言艺术，绘画是一门以形色为媒介的空间艺术。在中国传统文化中，诗与画的关系十分密切。所谓"诗是无形画，画是有形诗"，点明了诗、画虽属于不同的艺术形式，但是它们的本质是相同的。而"莫把丹青等闲看，无声诗里颂千秋"则进一步阐明了二者的共同追求是"颂千秋"，是对恒久不变的美好事物的赞颂。诗画同源，二者都追求意象的表达、意境的渲染以及审美的追求。

  本单元我们将诗与画的亲密关系，归纳概括为"题画诗"和"诗意画"。题画诗也称为"咏画诗"，由画家本人或他人以画作为对象题上一首诗，诗的内容或抒发作者的感情，或谈论艺术的见地，或咏叹画面的意境。题画诗通过书法将诗歌题写于画作之上，将诗、书、画三者之美极为巧妙地结合起来，相互映发，丰富了绘画的内涵，增强了作品的形式美感，构成了中国绘画的艺术特色。屈原的《天问》被认为是最早的题画诗。屈原被流放楚地，看到墙壁上描绘着主宰天地山川的神灵，画面瑰奇美丽，形象神奇怪异，又有描绘古代圣君贤王行事的图画，于是在墙壁上书写了文字，以抒发心中的愤懑之情。题画诗成熟于唐代，繁荣于宋代。元明清时代，由于文人画的兴起与成熟，题画诗的数量大大增加，并引导了画坛的发展潮流。此外，宋以前的许多赞美绘画或对绘画有感而发的诗歌，虽不题在画上，从广义上讲，也算是题画诗。

  所谓诗意画，即以诗为画，是以诗文为题材表达诗文内涵的绘画。诗意画不仅要展现文学作品的内容，更要体现其内涵与意趣，以达画中物象与诗文情致交融之境。诗意画兴起于东汉，画家刘褒创作的《云汉图》和《北风图》，是诗意画创作较早的例子。《云汉图》根据《大雅·云汉》创作，记叙周宣王忧国忧民，即位之初便与百姓共体时艰、求神祈雨的场景；《北风图》

描写《邶风·北风》里卫国人民为逃避乱政而相偕出走的情景。《历代名画记》记载刘褒《云汉图》,"人见之觉热",《北风图》,"人见之觉凉"。可见,其图像具有相当的艺术感染力。唐宋以来,诗意画创作兴盛不衰,特别是北宋徽宗朝画学以诗意画为遴选画士的甄试科目,从制度面肯定了诗意画的创作意义,充分体现出古代"诗画一律"的文艺传统。

　　宋代大文豪苏东坡称赞王维的诗"味摩诘之诗,诗中有画;观摩诘之画,画中有诗",对王维的诗画调和能力高度赞赏,也为我们鉴赏诗画作品指明了方向。诗画融合,是中华优秀传统文化的瑰宝,近年来,绘画与诗歌的关系备受关注,许多美术画展也主动融合了绘画与诗歌,这是个值得我们继续探讨的话题。

诗心艺韵

观李固请司马弟[1]山水图三首（其二）

[唐] 杜甫

"竹外桃花三两枝，春江水暖鸭先知。蒌蒿满地芦芽短，正是河豚欲上时。"这是一首脍炙人口的诗作，它与诗人苏轼的好友慧崇和尚的一幅画《春江晓景》关系密切，是苏轼为好友画作所写的题画诗。如今慧崇的画已不传，而这首题画诗却流传千古，成为脍炙人口的佳作。

中国的题画诗，可以说是世界艺术史上的一种极其特殊的美学现象，把文学和美术二者结合起来，在画面上，诗和画，妙合而凝，契合无间，浑然一体，成了一幅美术作品的构图上、意境上不可或缺的有机组成部分。诗情画意，相映成趣，相得益彰。因此，画面上有题画诗，是中国画的特征之一，也是中国绘画艺术的独有的民族形式和风格。而且，我国历史上有些优秀的题画诗，不仅是中国美术史上的宝贵遗产，同时也是文学史上的可资继承与发扬的艺术珍品。

> 方丈浑连水[2]，天台总映云[3]。
> 人间长见画，老去恨空闻。
> 范蠡舟偏小[4]，王乔鹤不群[5]。
> 此生随万物[6]，何路出尘氛[7]。

【注释】

1. 司马弟：李固的弟弟。
2. 方丈：又名方壶，古代传说中海上三座仙山之一。《史记·封禅书》载："自齐威、宣、燕昭使人入海求蓬莱、方丈、瀛洲，此三神山者，其传在渤海中。"浑：全然。连水：山水相连。
3. 天台：即天台山，在今浙江省。
4. 范蠡（lǐ）：春秋时越国大臣。
5. 王乔：传说中的仙人王子乔。
6. 随万物：随着万物一同沉浮升迁。
7. 尘氛：世俗之气。

《观李固请司马弟山水图三首》是唐代诗人杜甫的一组题画诗作品，一共有三首。先看题目，观，即观赏，李固是蜀国人，他的弟弟曾为司马，能画山水图。诗题的意思是：因观赏李固弟弟的山水画而请我写的诗。

首联"方丈浑连水，天台总映云"是对画中美景的描绘：方丈山与茫茫大海连成一片，天台山总是在烟云中若隐若现。方丈山是古代中国神话及道教传说中仙人居住的神山，奇书《列子》记载，海上有五座仙山，岱舆、员峤，流入海底，留下蓬莱、瀛洲、方丈，山上是仙境，有长生不老药。而蓬莱海域常出现的海市蜃楼奇观，更激发了人们寻仙求药的热情，秦皇、汉武等古代帝王都留下了到蓬莱进行寻仙活动的记录。据《史记·封禅书》记载，这三座神山在渤海中，而天台山位于浙江省中东部，地处宁波、绍兴、金华、温州四市的交界地带，素以"佛宗道源、山水神秀"享誉海内外。画家选择方丈山、天台山作为画作的主体，想要表达的是什么不得而知，而诗人的观画感受，则能通过以下诗句揣摩一二。

颔联"人间长见画，老去恨空闻"的意思为"我"在人间常看到如画卷中这样的美景，如今年纪大了，只能空闻，不能亲临。看到美景，自然引发不能前往的遗憾。杜甫出生于"奉儒守官，未坠素业"和"吾祖诗冠古"的儒官家庭。青年时，曾经赏湖登山、游历历史古迹。他从20岁到29岁的十年间曾两次漫游吴越和齐赵，在江宁的瓦棺寺，他慕名观赏了顾恺之留下的壁画——《维摩诘像》，后来还写下"虎头金粟影，神妙独难忘"的诗句。其中，《望岳》就是此次"放荡齐赵间,裘马颇清狂"岁月的最杰出作品,青年的杜甫走遍"齐鲁青未了"的齐鲁大地,登上雄伟磅礴的泰山,发出"会当凌绝顶,一览众山小"的豪情壮志。这时候的唐代社会,正是最富庶的时期,青年杜甫以先祖为榜样,颇有兼济天下的雄心壮志。安史之乱以后,王室政权遭遇了重挫,而杜甫虽有短暂为官的经历,但更多的是长期漂泊,目睹了国家的离乱和人民生活的艰辛,写下了"三吏""三别"表达对人民的深切同情。因此,"老去恨空闻"表达的就不仅是对不能亲临美景的遗憾,还包含有再也不能回到开元盛世那样国泰民安的生活,而自己兼济天下的理想也无法实现的感叹。

颈联"范蠡舟偏小,王乔鹤不群"的意思为当年范蠡游太湖的船偏小,不能载"我"同游;王子乔所乘的仙鹤只有一只,不能度"我"飞升。这两句是对岁月不居,时节如流,年事已高,而万事蹉跎的感慨。

尾联"此生随万物,何路出尘氛"表达了"我"一生只能随波逐流,怎样才能摆脱这世俗之气呢?诗人面对画中美景,而想到自己年事已高,不能亲身目睹美景,不禁心情低沉,生出无可奈何的感叹,属于"以美景衬哀情"。

美术欣赏

《杜甫诗意画》(资料来源:陆俨少. 杜甫诗意画一百开 [M]. 天津:天津杨柳青画社,2007.)

方丈浑连水,天台总映云

《杜甫诗意画》是陆俨少先生为纪念杜甫诞生1 250周年而创作的。陆俨少是现代画家，曾任浙江画院院长。他十八岁开始学习国画山水，同时学习诗、词、古文，尤其喜爱杜甫的诗，又由于抗战期间，他流寓巴蜀，对蜀中山水，大江南岸的名胜古迹，一丘一壑都了如指掌，后返乡途经三峡所见所闻，为他创作《杜甫诗意画》打下了坚实的基础。他擅画山水，尤善于发挥用笔效能，以笔尖、笔肚、笔根等的不同运用来表现自然山川的不同变化。线条疏秀流畅，刚柔相济。云水为其绝诣，有雄秀跌宕之慨。勾云勾水，烟波浩渺，云蒸雾霭，变化无穷，并创大块留白之法，兼作人物、花卉，书法亦独创一格。

终南山[1]

[唐] 王维

"智者乐水,仁者乐山",在古代,山水与文人的关系极为密切,有时候更是互相成全的关系。其中,终南山尤为典型。终南山是先秦名山,是"道文化""佛文化""孝文化"等传统文化的发祥圣地,"寿比南山""终南捷径"等典故的诞生均与它有关。王维与终南山,也有一段不得不说的故事。

题解:

终南山又名中南山或南山,是秦岭主峰之一,古代也泛称秦岭。秦岭山脉很长,西起今甘肃省天水市,东至今河南省陕县。诗从它的主峰太乙着笔,但总览全山,写出了它雄伟磅礴的气势。

太乙近天都[2],连山接海隅[3]。
白云回望合,青霭入看无[4]。
分野中峰变[5],阴晴众壑殊[6]。
欲投人处宿[7],隔水问樵夫。

【注释】

1. 终南山:在长安南五十里,秦岭主峰之一。秦岭绵延八百余里,是渭水和汉水的分水岭。

2. 太乙：在长安西，今陕西省武功县境内，是终南山的主峰。天都：传说天帝居所，这里指帝都长安。

3. 海隅（yú）：海边。终南山并不到海，此为夸张之词。

4. "白云"二句：意谓全山都弥漫着青白的云雾，连成一片。回望，回头望。霭，雾气。入看无，一切都消融在这雾气之中。

5. 分野：古天文学的名词。古人把天上的星宿和地上的区域联系起来，称为分野。凡地上每一区域，都划在星空某一分野之内。这句诗指山区广阔，站在中峰上一望，山的极南和极北、极东和极西，已属于不同的分野。

6. 壑（hè）：山谷。这句诗指众山谷的天气也阴晴变化各自不同。

7. 人处：有人烟处。

王维能写一手好诗，擅长书画，而且还有音乐天赋，能以绘画、音乐之理通于诗，是唐代著名的诗人和画家。年少时抱有积极入世的政治向往，后历经变乱，趋向归隐。他信奉禅理，开元二十九年（741）至天宝三年（744）之间，王维曾隐居于长安附近的终南山，其间在辋川，购得宋之问的蓝田别墅，优游其中，过着半官半隐的生活。《山居秋暝》《终南山》《辋川图》等都是他隐居期间所作。苏轼评价王维"味摩诘之诗，诗中有画；观摩诘之画，画中有诗"。

首联"太乙近天都，连山接海隅"，先用夸张手法勾画了终南山的总轮廓：巍巍的太乙山临近长安城，山连着山一直蜿蜒到海边。"太乙"是终南山的别称。唐长安城修筑于终南山北麓的关中平原，"近"一是以艺术夸张的手法写出终南山和帝都长安的空间距离，二是写出终南山作为唐代政治、宗教、文化名山的特点。成语"终南捷径"也因此而来。唐代时读书人众多，书生卢藏用因为没有考取进士，便和哥哥卢征明隐居在京城长安附近的终南山，通过隐居之举，取得了贤名，后来被唐中宗请入朝中做官。后来，他的好友司马承祯想退隐天台山，卢藏用建议他隐居终南山。司马承祯说："终南山的确是通向官场的便捷之道啊。"自此以后，许多人都效仿卢藏用，隐居在终南山上，或结交有名的道士，或写诗，请达官贵人拿去京城觐见皇帝，以此求得做官之路。杜甫、李白等人，在他们的前期也有过这样的经历。"终南捷径"便因此流传开来。20世纪八九十年代，美国汉学家比尔·波特亲身探访隐居在终南山等地的中国现代隐士，写成了《空谷幽兰》一书，该书问世后，终南山的隐士文化再次引起了当代的关注。

关于"天都"的另一解释是天帝居所，因此也有人认为首联两句以夸张的修辞写出终南山的高峻与辽阔，这种远景描写虽夸张却有理，就如诗人的"大漠孤烟直，长河落日圆"。

颔联"白云回望合，青霭入看无"写近景。这两句对仗工整，用笔简洁却韵味无穷。"白云"对"青霭"，"回望合"对"入看无"。白云、青霭是入山所见，身处山中，朝前看，天地间只剩下白云弥漫，人仿佛浮游于白云的海洋，往前走几步，云随脚动，分向两边，忍不住回头看，分向两边的白云却又合拢来，汇成茫茫云海，真是"白云回望合"啊，这种经历和感受，极其奇妙。往高处看，高山上青霭蒙蒙，如蓬莱仙境，仿佛继续前进，就可以摸着那青霭了；然而登上山，却不但摸不着，而且看不见；回过头去，那青霭又合拢来，蒙蒙漫漫，可望而不可即，是为"青霭入看无"。这两句用了对偶和互文，写出了终南山作为仙山，其烟雾缭绕、变幻无穷的特点，给读者留下了无穷的想象空间。

颈联"分野中峰变，阴晴众壑殊"是写终南山从北到南的辽阔，只有立足于"近天都"的"中峰"，才能收全景于眼底，而"阴晴众壑殊"，就是尽收眼底的全景。所谓"阴晴众壑殊"，是写幅员辽阔，山高壑深，所以同一时间，山南山北阴晴不一，而沟壑较深的地方形成天阴，以此来表现千岩万壑的千形万态。

尾联"欲投人处宿，隔水问樵夫"写诗人想在山中找个人家去投宿，隔水询问那樵夫可否方便？天黑了仍不想回家，要投宿山中，一方面是对前三联写景的一个回应，终南山太大太辽阔了，进山几天才能完全领略它的美景；另一方面也是写诗人留恋山中景象，不舍得归去。

王维隐居终南山，与友人作画吟诗，终南山是大自然向王维张开的怀抱，在他失意与徘徊时给予心灵的安慰和滋养，而王维也回馈终南山以名诗佳画，使它成为名扬海内外的仙山。《辋川图》不仅开启了后人诗画并重的先河，而且在国际上也产生了重要的影响，甚至把它作为评价中国文人山水画的最高境界或标准。《辋川图》原画早已无存，现在人们所见到的都是后来的临摹本。台北"故宫博物院"现藏有宋代郭忠恕的临摹本，美国西雅图也藏有临摹本。

美术欣赏

王维《辋川图》

《辋川图》是王维晚年隐居辋川时在清源寺壁上所作的单幅壁画,原作已无存,现只有历代临摹本存世。画家在作画时,又动员了诗歌、音乐、绘画等全部艺术手段,与道友裴迪在这水绕山环、风景如画的辋川别墅"弹琴赋诗""啸咏终日"。两人二唱一合,为辋川二十景各写了一首五言绝句,共四十首集成了《辋川集》。

辋川图(局部临摹本)

诗心艺韵

竹　石

[清] 郑板桥

春节，是中国的传统节日，我们贴对联、放鞭炮，寄寓新的一年平安健康。竹子，便是最早的鞭炮，最早的时候爆的就是真竹子。《山海经》中说，古代南方群山中有一种人面猴身、身黑有毛的怪物，人称"山魈"。它晚上偷偷出来，到村庄里袭击人畜，成为让人们惊惧不已的一大公害。后来人们找到一个办法，他们点起篝火，把竹子扔到火里，发出了"噼噼啪啪"的响声，那"山魈"就吓跑了。据说新旧年交替之际，"山魈"出没最为频繁，于是每到这个时节，每家每户就通过"爆竹"来驱邪保平安，并逐渐形成了习俗。所以，民间吉祥图案通常有画竹或儿童放爆竹，寓意保平安。

清代的时候，扬州八怪之一的郑板桥也特别喜欢画竹，有《竹石图》和题画诗《竹石》传世。

咬定青山不放松[1]，立根原在破岩中[2]。
千磨万击还坚劲[3]，任尔东西南北风[4]。

【注释】
1. 咬定：咬紧。
2. 立根：扎根。破岩：裂开的山岩，即岩石的缝隙。
3. 千磨万击：指无数的磨难和打击。坚劲：坚强有力。
4. 任：任凭，无论，不管。尔：你。

竹子，历来颇受文人雅士的喜爱，和梅花、兰花、菊花一起被誉为"花中四君子"，是咏物诗文和文人字画的常见题材。梅花，独傲寒雪，被喻为"高洁志士"；兰花，空谷幽放，被喻为"贤达之士"；竹子，淡泊恬静，被喻为"谦谦君子"；菊花，凌霜飘逸，被喻为"世外隐士"。郑板桥，被徐悲鸿称之为"中国近300年来最为卓绝的人物之一"，他最爱画竹石。他笔下的竹子枝干遒劲、宁折不弯，凛凛有生气。《竹石》是一首郑板桥给自己的画作《竹石图》所题的题画诗，在赞美岩竹的坚韧不拔中，隐喻了作者藐视世俗的刚劲风骨。

首句"咬定青山不放松"把翠竹峭立挺拔、牢牢抓住青山岩缝的形象展现在我们面前。其中"咬"字既写出了竹子的生长状态，更写出了竹子不畏艰辛和顽强不屈的品质。中华民族是一个伟大的民族，我们在发展的道路上也面临着内忧外患，今天，我们终于在世界舞台绽放耀眼的光芒，这和我们长期以来坚持"咬定青山不放松"的品质是分不开的。勇于同恶劣的环境斗争，顽强不屈是我们的优良品质。

第二句"立根原在破岩中"道出了竹子的生长环境，青山之上，破裂的岩石，就是它深深扎根的地方。简陋甚至是恶劣的生长环境和竹子挺立峭拔的生长姿态形成了强有力的视觉冲突。这种对比，更凸显了竹子的坚强不屈的形象。"谦谦君子，卑以自牧"，谦谦君子，即使处于卑微的地位，也能以谦虚的态度自我约束，严格要求自己。在这两句诗中，郑板桥赋予了竹子丰富的品格内涵。

后两句"千磨万击还坚劲，任尔东西南北风"是对君子品格的进一步阐释。这一株长在悬崖边的翠竹，即使历经一年四季狂风的千磨万击，它的身骨仍然坚挺，因为它深深扎根于岩石之中。显然，"东西南北风"是一种比喻，是恶势力的代表。恶劣的环境，淬炼了竹子顽强不息的生命力。郑板桥一生历经生活的磨难，颠沛流离，但他不向各种恶势力低头，当知县时清廉爱民，体恤百姓，他用自己一生的言行很好地阐释了岩竹的品格。郑板桥一生只画兰、竹、石，自称"四时不谢之兰，百节长青之竹，万古不败之石，千秋不变之人"。他的一生，坚强如磐石，劲挺如翠竹，高洁如幽兰，真正地做到了人如其文、人如其画。

如今，全球生态环境和政治环境日益复杂，我们更需要这种"咬定青山不放松"的坚定信仰，面对种种困局和利诱，经受住考验，坚定信心，勇于斗争。

美术欣赏

郑板桥《竹石图》

《竹石图》是清代画家郑板桥 73 岁时所创作的纸本墨笔画。他通过画竹来抒发自己的理想和生活态度,表现出无所畏惧、不屈不挠的精神。

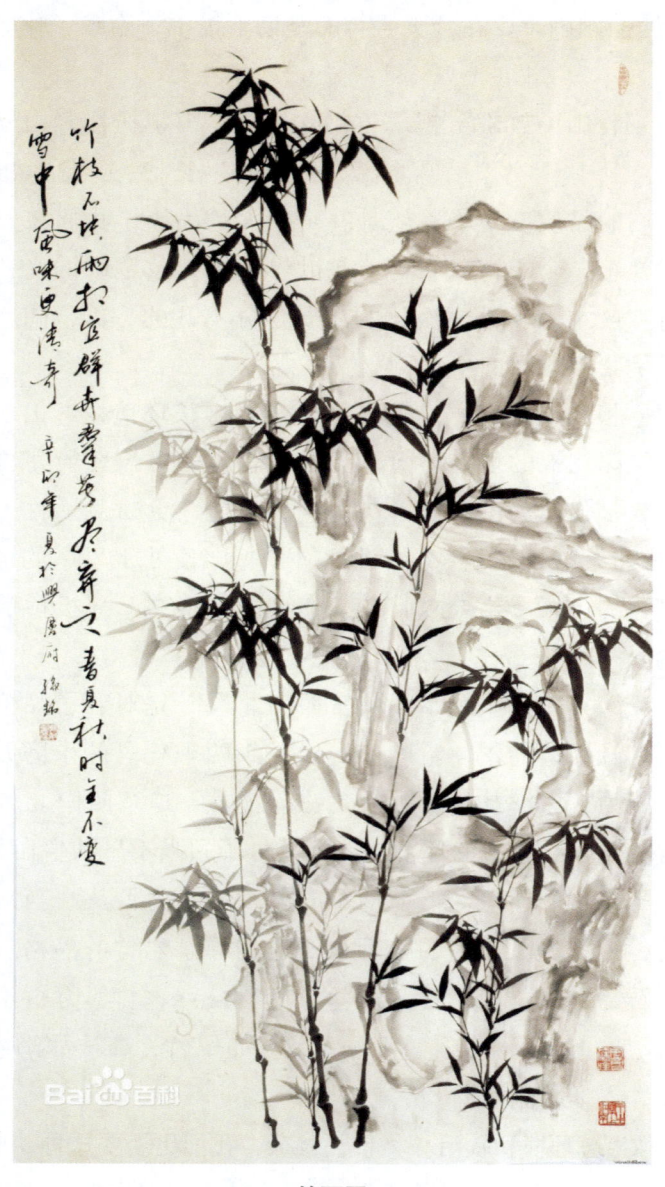

竹石图

惠州一绝

[宋] 苏轼

民以食为天,古诗词中也记录了古人对食物的热爱,如"江上往来人,但爱鲈鱼美""一骑红尘妃子笑,无人知是荔枝来""白日放歌须纵酒,青春作伴好还乡"。酒虽然是出现频率最高的,但荔枝却问鼎众食物之冠,不仅美人杨贵妃喜爱,大文豪苏东坡也极为喜爱,在许多诗作中留下了荔枝的情影:"荔子几时熟,花头今已繁""留师笋蕨不足道,怅望荔枝何时丹""愿同荔枝社,长作鸡黍局"。第一次吃荔枝还写下了《四月十一日初食荔枝》,极富仪式感。接着写下了第二首,留下了"日啖荔枝三百颗,不辞长作岭南人"的千古佳句。

罗浮山下四时春[1],卢橘杨梅次第新[2]。
日啖荔枝三百颗,不辞长作岭南人[3]。

【注释】

1. 罗浮山:在广东博罗、增城、龙门三地交界处,长达百余公里,峰峦四百多,风景秀丽,为岭南名山。
2. 卢橘:橘的一种,因其色黑,故名(卢:黑色)。但在东坡诗中指枇杷。《冷斋夜话》卷一载,"东坡诗:'客来茶罢无所有,卢橘杨梅尚带酸。'张嘉甫曰:'卢橘何种果类?'答曰:'枇杷是也。'"

3. 岭南：古代被称为南蛮之地，中原人士闻之生畏，不愿到广东来。此句有三个版本，本诗为"不辞长作岭南人"，《苏东坡全集》为"不妨长作岭南人"，《锦绣中华历代诗词选》为"总教长作岭南人"。

这首诗作于公元1096年，当时苏轼59岁，被贬至惠州。其"不辞长作岭南人"的乐观旷达和随遇而安的心境值得我们深思与学习。

苏轼是北宋著名的文学家、书法家和画家，21岁那年，苏轼进京赶考后进士及第，和弟弟苏辙在京都汴京声名远播；26岁，首领官职就是湖州通判，起点颇高。但是，此后他的人生却充满颠沛流离，应了他的那句"人生到处知何似，应似飞鸿踏雪泥"；42岁，因"乌台诗案"被贬黄州，黄州的泥土成就了他东坡居士的称号，他赠黄州以《赤壁赋》《念奴娇·赤壁怀古》《定风波·莫听穿林打叶声》等脍炙人口的佳作；48岁，被召回朝廷备受重用，由于他在基层见过民间疾苦，立志为民请命，对朝廷腐败现象进行了抨击，又引起了保守势力的极力反对，于是不久自请外调；52岁，大才子苏轼外调来到了杭州，留下了苏堤和《饮湖上初晴后雨二首》等佳作；随后贬颍州，过扬州、定州，照样为民办事；1094年，57岁的苏轼在被贬英州的路上又改贬惠州，成为宋代第一个翻越大庾岭的贬官。

惠州在当时是一个蛮荒之地。因为春天雨季较长，雾气又重，据说是个瘴气弥漫，使人容易中毒的地方。而苏轼来到这里，一如既往地体恤爱民、造西湖、筑堤坝、找特产，甚至颇具仪式感地写下了第一次吃荔枝的经历："……垂黄缀紫烟雨里，特与荔枝为先驱。海山仙人绛罗襦，红纱中单白玉肤。不须更待妃子笑，风骨自是倾城姝……"自此以后，苏轼多次在诗文中表现了他对荔枝的喜爱之情，比如《新年五首》："荔子几时熟，花头今已繁。"《赠昙秀》："留师笋蕨不足道，怅望荔枝何时丹。"《〈和陶归园田居六首〉引》："有父老年八十五，指（荔枝）以告余曰：'及是可食，公能携酒来游乎？'意欣然许之。"《和陶归园田居（其五）》："愿同荔枝社，长作鸡黍局。"《食荔枝二首（其二）》："日啖荔枝三百颗，不辞长作岭南人。"其中"日啖荔枝三百颗，不辞长作岭南人"成为脍炙人口的佳句，如今粤曲《荔枝颂》其词颇有东坡余味。

"罗浮山下四时春"，罗浮山下四季如春，不仅为岭南正名，告诉世人岭南虽为蛮荒之地，却气候怡人，景色优美，而且向政敌展示了自己高傲强大的内心与怡然自得的生活现状。

"卢橘杨梅次第新",枇杷和杨梅天天都有新鲜的。苏轼被贬至惠州,不仅流连风景,体察风物,而且对岭南产生了深深的热爱之情,体现在对岭南地区极为平常的水果枇杷、杨梅和荔枝等的喜爱之中。前两句表达了诗人被贬后随遇而安的心情,同时"春""新"还表达了对逆境生活中乐趣的欣喜之情。

"日啖荔枝三百颗,不辞常作岭南人",如果每天吃三百颗荔枝,我愿意永远都做岭南的人。诗人因"讥斥先朝"的罪名被贬岭南,"不得签书公事",但却能将满腹苦水唱成了甜甜的赞歌,体现了诗人豁达与乐观的心境。

苏轼虽远离庙堂,身居江湖之远,却还牵挂国运民生,他在《荔枝叹》一诗中写道:"十里一置飞尘灰,五里一堠兵火催。颠坑仆谷相枕藉,知是荔枝龙眼来。飞车跨山鹘横海,风枝露叶如新采。宫中美人一破颜,惊尘溅血流千载。"

苏东坡仕途坎坷,他一生安放乡情的地方,是汴京吗?"试问岭南应不好,却道,此心安处是吾乡。"

美术欣赏

齐白石《荔枝图》

《荔枝图》是现代著名书画家齐白石的常用题材创作之一,早年"五出五归"三客钦州,对荔枝一见钟情,与钦州友人共赏荔枝、咏荔枝、画荔枝,笔墨精妙,形神兼备,并于画上题诗,诗画相融,从而提升了熠熠生辉的荔枝文化。1980年,国家邮政局发行了一套《齐白石作品选》特种邮票,荔枝画入选了16枚邮票。

诗心艺韵

荔枝图

七律·人民解放军占领南京

毛泽东

1949年4月20日，国民党拒绝在《国内和平协定》上签字。当夜，解放军在东起江苏江阴，西迄江西湖口的千里长江上，分三路强行渡江。23日晚，东路陈毅的第三野战军占领南京。毛泽东听到这个消息后随即写下了有名的《人民解放军占领南京》。该诗气势恢宏，语言铿锵有力，表现了人民解放军彻底打垮国民党反动派的信心和决心，坚定了解放全中国的必胜信念。1964年，画家李可染根据毛泽东的这首诗作，完成了诗意画《百万雄师过大江》。

钟山风雨起苍黄[1]，百万雄师过大江。
虎踞龙盘今胜昔[2]，天翻地覆慨而慷[3]。
宜将剩勇追穷寇[4]，不可沽名学霸王[5]。
天若有情天亦老，人间正道是沧桑[6]。

【注释】

1. "钟山"句：钟山即紫金山，在南京市的东面。苍黄，同仓皇。本句是说南京突然遭到了革命暴风雨的袭击。苍黄兼有变色的意思。这是修辞上的所谓"双关"。

2. 虎踞龙盘：形容地势优异。三国时诸葛亮看到吴国都城建业（今南京市南）的地势曾说："钟山龙盘，石头虎踞，此帝王之宅。"（见《太平御览》引《吴录》）石头即石头山，在今南京市西。

3. 慨而慷：感慨而激昂。曹操《短歌行》："慨当以慷。"

4. "宜将"句：剩勇，余勇，形容人民解放军（三大战役大量歼灭国民党反动派部队后）过剩的勇气。穷寇，走投无路的敌人。《后汉书·皇甫嵩传》："兵法（指《司马兵法》），穷寇勿追。"这里改变了这种说法，号召将革命进行到底，把敌人坚决、彻底、干净、全部地歼灭掉，不要留下后患。

5. "不可"句：沽名，故意做作或用某种手段猎取名誉。秦朝末年，项羽（曾自封西楚霸王）和刘邦（后来的汉高祖）同时起兵反秦。刘邦先据秦都咸阳拒项羽。项羽歼灭了秦兵主力，拥四十万大军入咸阳。他当时为了避免"不义"之名，没有利用优势兵力消灭刘邦，后来反为刘邦所消灭。这里是说应从项羽的失败得到教训，不可给敌人以卷土重来的机会。

6. "天若有情"二句：上句借用唐李贺《金铜仙人辞汉歌》中的诗句，原诗说的是汉武帝时制作的极贵重的宝物金铜仙人像，在三国时被魏明帝由长安迁往洛阳的传说。原句的意思是，对于这样的人间恨事，天若有情，也要因悲伤而衰老。这里是说，天若有情，见到国民党反动统治的黑暗残酷，也要因痛苦而变衰老；身受反动派压迫的人民，自然要彻底推翻反动统治，完成翻天覆地的革命事业。人间正道，社会发展的正常规律。沧桑，沧海（大海）变为桑田，这里比喻革命性的发展变化。古代神话中，女仙麻姑对另一仙人王方平说，他们相见以来，东海已经三次变为桑田（见葛洪《神仙传》）。

毛泽东的诗词就像一面中国革命史的镜子，真实地反映了中国共产党从20世纪20年代开始近半个世纪的斗争历程。革命浪漫主义是毛泽东诗词最重要且最具特色的表现手法。"宜将剩勇追穷寇，不可沽名学霸王"是向全国人民发出的最响亮号令——将革命进行到底。

这是一首画面感极强、画风简约而主体意识凸显的诗歌，我们可以把这首七律看作四幅连环画。

第一幅："钟山风雨起苍黄，百万雄师过大江"，形象地描绘了解放军强渡长江攻占南京的雄伟场面。"百万雄师"是绝对的主角，他们威武雄壮、锐不可当，他们进军神速，使得敌军仓皇而逃。"苍黄"即仓皇，兼有变色的意思，意即南京的天空变了颜色，红色革命的浪潮已经覆盖了蒋家王朝的都城南京。在李可染的画作中，我们可以看到画面的主画色是黄色，黄中还透着红光，背景是黑色，而黄色已经冲破了黑色的包围。

第二幅："虎踞龙盘今胜昔，天翻地覆慨而慷"，讴歌南京的解放。"慨而慷"一方面赞扬了人民解放军的壮志和英勇，一方面表达举国欢腾、闻风而起的豪情。因此，我们可以想象这幅画的主角是南京城中敲锣打鼓、载歌载舞欢迎解放军的民众，一声声锣鼓、一串串鞭炮送走了盘踞城中的军阀恶霸。

第三幅："宜将剩勇追穷寇，不可沽名学霸王"，喊出将革命进行到底的响亮口号。这幅画出现了对比，把人民解放军和项羽进行对比，项羽是个以个人武力出众而闻名的武将，最后功高自傲，落得无颜见江东父老的下场；解放军是以无产阶级革命理论武装的有组织有纪律的军队，有远大的革命理想，必将取得全国革命的胜利。

第四幅："天若有情天亦老，人间正道是沧桑"，揭示不断革命、不断改革、不断前进是人类发展的必然规律。最后一联蕴藉深远，铿锵有力。"人间正道"即社会发展的自然规律，中国无产阶级革命使人间换了天地，"社会主义制度终究要代替资本主义制度，这是一个不以人们的意志为转移的客观规律"。因此，这里的主角是全国的革命群众。

这首诗风格豪放，笔意雄奇，前四句是历史纪实，着重叙述，写得有声有色，气势雄壮，凝聚着赞美歌颂的深情，后四句是议论说理，但不是概念的理论，而是通过生动的艺术形象和诗化的语言来表达，读者读来如身临其境。

美术欣赏

《百万雄师过大江》（资料来源：季世昌. 毛泽东诗词书法诗意画鉴赏[M]. 北京：商务印书馆国际有限公司，2012.）

《百万雄师过大江》是李可染于新中国成立十五周年（1964）之际，以毛泽东所赋的《七律·人民解放军占领南京》为蓝本创作的革命历史题材画作。此作以渡江战役的场景入画，重在表现激荡磅礴的战役气氛。李可染擅用水墨渲染氛围，这一特点也在画中得到了极致的体现。

百万雄师过大江

诗情与画意如何融合

> 拓展阅读

中国绘画的特色是诗、书、画一体，诗画结合，是文学文化领域的瑰宝。中国诗画最先从精神上融合，从东汉开始，取诗意以为画，到唐代王维的"诗中有画，画中有诗"，再到宋代苏轼的"诗画本一律"，诗画彼此渗透融合，成为一种文化传统。

一方面，诗歌情景交融，意境幽美，极具画面感，给人一种"宛然在目"的即视感，令人发于佳思而觉得"此诗中画，可作画本"。例如，王维的山水诗，注重色彩的运用，善于捕捉大自然中丰富多彩的景色，使画面优美、景物生动，达到了"诗中有画"的艺术效果。如《山居秋暝》所写"明月松间照，清泉石上流"，皓月当空、青松如盖、泉留石上的景致构成了一幅清幽明净的水墨画。再如"雨中草色绿堪染，水上桃花红欲然"（《辋川别业》），"日落江湖白，潮来天地青"（《送邢桂州》），"清浅白石滩，绿蒲向堪把"（《白石滩》）这些诗句，其中雨中的绿草，水上的红桃，白色的江湖，青色的天地，清清浅浅的白石滩，绿油油的蒲草，何尝不是一幅"淡妆浓抹总相宜"的国画呢！

苏轼也是诗画融合的高手，在《蝶恋花·春景》中描写了暮春的景象："花褪残红青杏小。燕子飞时，绿水人家绕。"杏树上花儿已经凋谢，所余不多的红色也正在一点一点褪去，树枝上开始结出了幼小的青杏，这一处描摹，把焦点聚集在一颗小小的青杏上，透出怜惜与喜爱之情。接着画面出现了燕子绕舍而飞，绿水绕舍而流，或者还可想象行人绕舍而走，这一动态描绘，使画面和谐，诗意灵动。有如诗人描写初夏的诗句"绿槐高柳咽新蝉。薰风初入弦"，其中枝叶繁茂的槐树，高大的柳树，夏日初鸣的新蝉，初吹暖和的南风，不仅都是具有初夏特征的景物，而且画面有静有动，不失为一幅观感丰富、立体鲜明的初夏图。以诗意成就画意，是诗词与绘画融合最为天然的途径。

另一方面，充满诗意的绘画，入诗三昧，也引发了诗人题诗的冲动。墨竹作为"四君子"之一，历来备受画家青睐，元代吴镇、明代徐渭和清代郑板桥都是画史上的墨竹名家，他们作画题诗，表情达意。例如吴镇在《竹谱册》第十四首题诗道："相逢尽道休官好，林下何曾见一人"，嘲讽那些对仕进执迷不悟的人。又如郑板桥擅长画兰竹，尤以墨竹为胜，瘦劲孤高，孤高刚正，有一股"倔强不驯之气"，犹如其人品写照。他题《风竹图》的诗句："秋风昨夜渡潇湘，触石穿林惯作狂。惟有竹枝浑不怕，挺然相斗一千场。"铁骨铮铮，坚贞不屈，犹如画家的个人宣言。以诗意点醒画意，以诗意丰富画意，是诗词与绘画融合的重要功用。

诗词作品，通常结构层次丰富、神韵渺远，绘画作品，同样讲究构图布局与画意，诗与画，这两种不同的艺术形式，可以互相融合，相得益彰。诗画融合，不仅折射出文人学者的思想、情趣、审美观点，而且深刻地反映出中华民族的生活方式和习俗。我们应以诗情引导画意，引领绘画风潮，使绘画作品更加意境高远，内涵丰富。

（资料来源：李杰荣. 诗歌与绘画［M］. 广州：暨南大学出版社，2018.）

第四讲 诗歌与戏剧

诗心艺韵

中国戏曲的形成，最早可以追溯到秦汉时代，而中国诗歌的起源，要远远早于戏曲，可以追溯到西周初年，《诗经》是中国古代诗歌的开端，而戏曲在宋元之际才得以成型。中国古典戏剧以"曲"为依托来演绎故事，"曲"是中国古典戏剧的核心和灵魂。在古典戏剧的发展过程中，剧作家从古典诗歌中汲取了营养，提升了戏曲的文学性和审美性，而各个时代的文人在创作诗歌时，也会关注当时的流行音乐与戏曲，这进一步促进了诗歌体裁的演变。

一方面，诗歌是戏曲的源头之一，中国的戏曲历来有以诗歌为唱词、兼具象征性和写意性等艺术特征的传统。中国古代戏曲有"剧诗"之称，正道出了我国传统戏曲以诗歌为主要构成元素的文体特征。例如《长生殿·海棠春》："流莺窗外啼声巧，睡未足，把人惊觉。翠被晓寒轻，宝篆沉烟袅。宿酲未醒宫娥报，道别院笙歌会早。试问海棠花，昨夜开多少？"又如《牡丹亭·皂罗袍》："原来姹紫嫣红开遍，似这般都付与断井颓垣。良辰美景奈何天，赏心乐事谁家院？朝飞暮卷，云霞翠轩，雨丝风片，烟波画船。"像这样的唱词不胜枚举，大多语言秀丽，以词的手法写曲，细腻生动、真切感人，流动着古典诗歌的辞藻之美与戏曲艺术的旋律之美。

另一方面，诗歌也借鉴了某些戏剧因素，汉乐府、唐声诗、宋词和元曲等的发展或是吸收了戏曲的旋律，或是加入了戏剧般的语言描写、动作描写和矛盾冲突等，创作了具有时代特点的诗歌体裁。例如李清照的《如梦令》："昨夜雨疏风骤，浓睡不消残酒。试问卷帘人，却道海棠依旧。知否，知否？应是绿肥红瘦。"既有语言描写"试问卷帘人，却道海棠依旧"，又有矛盾冲突"知否，知否？应是绿肥红瘦"，使我们读起来有滋有味，那个敏感聪慧的小姐形象和呆笨蠢萌的侍女形象也跃然纸上。又如陆游的《钗头凤》，短短六十字，既有特写镜头"红酥手，黄縢酒。满城春色宫墙柳"，又有矛盾冲突

"东风恶，欢情薄"，写尽了夫妻生活的冷暖悲欢。戏剧舞台，生旦净末丑，演绎着离合悲欢；诗词歌赋，平仄韵律，书写着阴晴圆缺。

再者，诗词也是那些令人称道的戏剧表演的忠实记录者。例如，梁山伯与祝英台的故事自东晋以来在民间流传已有1700多年，在我国家喻户晓、妇孺皆知，历代文人雅士观看此剧，写下了不少作品，唐人罗邺写下了《蛱蝶》，明人许大就写下了《祝英台碧鲜庵》，清人史承豫写下了《荆南竹枝词》，等等。又如明人祝允明观看戏剧《持汉节苏武还朝》写下了《观〈苏卿持节〉剧》一诗，记录了诗人自己的观剧感受："勿云戏剧微，激义足吾师。"此类诗歌，研究者称之为"咏剧诗"。

走近古代诗歌塑造的那些性格鲜明而命运各异的艺术形象，在审美的愉悦中，获得教益与启示，引发我们对当代个体生命及社会环境等诸因素的思考，从而指引我们走好脚下的路，开拓生命的广度和深度。

长 恨 歌

[唐] 白居易

唐明皇与杨贵妃的爱情故事在中国家喻户晓,虽褒贬不一,但却是创作者们喜爱的题材,"在天愿作比翼鸟,在地愿为连理枝"是君王的山盟海誓,让千百年来的读者为之感动,但其感动之处,是因为君王恩赐的"三千宠爱在一身",还是爱情悲剧本身的魅力?

汉皇重色思倾国[1],御宇多年求不得[2]。
杨家有女初长成,养在深闺人未识[3]。
天生丽质难自弃[4],一朝选在君王侧。
回眸一笑百媚生,六宫粉黛无颜色[5]。
春寒赐浴华清池[6],温泉水滑洗凝脂[7]。
侍儿扶起娇无力[8],始是新承恩泽时。
云鬓花颜金步摇[9],芙蓉帐暖度春宵[10]。
春宵苦短日高起[11],从此君王不早朝。
承欢侍宴无闲暇,春从春游夜专夜。
后宫佳丽三千人,三千宠爱在一身。
金屋妆成娇侍夜[12],玉楼宴罢醉和春。
姊妹弟兄皆列土[13],可怜光彩生门户[14]。
遂令天下父母心,不重生男重生女[15]。

骊宫高处入青云[16]，仙乐风飘处处闻。
缓歌慢舞凝丝竹[17]，尽日君王看不足。
渔阳鼙鼓动地来[18]，惊破霓裳羽衣曲[19]。
九重城阙烟尘生[20]，千乘万骑西南行[21]。
翠华摇摇行复止，西出都门百余里[22]。
六军不发无奈何[23]，宛转蛾眉马前死[24]。
花钿委地无人收[25]，翠翘金雀玉搔头[26]。
君王掩面救不得，回看血泪相和流。
黄埃散漫风萧索，云栈萦纡登剑阁[27]。
峨嵋山下少人行[28]，旌旗无光日色薄。
蜀江水碧蜀山青，圣主朝朝暮暮情。
行宫见月伤心色[29]，夜雨闻铃肠断声[30]。
天旋日转回龙驭[31]，到此踌躇不能去。
马嵬坡下泥土中，不见玉颜空死处[32]。
君臣相顾尽沾衣，东望都门信马归[33]。
归来池苑皆依旧，太液芙蓉未央柳[34]。
芙蓉如面柳如眉，对此如何不泪垂？
春风桃李花开日，秋雨梧桐叶落时。
西宫南苑多秋草[35]，落叶满阶红不扫。
梨园弟子白发新[36]，椒房阿监青娥老[37]。
夕殿萤飞思悄然，孤灯挑尽未成眠[38]。
迟迟钟鼓初长夜，耿耿星河欲曙天[39]。
鸳鸯瓦冷霜华重[40]，翡翠衾寒谁与共[41]？
悠悠生死别经年，魂魄不曾来入梦。
临邛道士鸿都客[42]，能以精诚致魂魄。
为感君王辗转思，遂教方士殷勤觅。
排空驭气奔如电[43]，升天入地求之遍。
上穷碧落下黄泉[44]，两处茫茫皆不见。
忽闻海上有仙山，山在虚无缥缈间。
楼阁玲珑五云起[45]，其中绰约多仙子[46]。
中有一人字太真，雪肤花貌参差是[47]。

金阙西厢叩玉扃[48]，转教小玉报双成[49]。
闻道汉家天子使，九华帐里梦魂惊[50]。
揽衣推枕起徘徊，珠箔银屏迤逦开[51]。
云鬓半偏新睡觉[52]，花冠不整下堂来。
风吹仙袂飘飘举[53]，犹似霓裳羽衣舞。
玉容寂寞泪阑干[54]，梨花一枝春带雨。
含情凝睇谢君王[55]，一别音容两渺茫。
昭阳殿里恩爱绝[56]，蓬莱宫中日月长[57]。
回头下望人寰处[58]，不见长安见尘雾。
惟将旧物表深情[59]，钿合金钗寄将去[60]。
钗留一股合一扇，钗擘黄金合分钿[61]。
但令心似金钿坚，天上人间会相见。
临别殷勤重寄词，词中有誓两心知。
七月七日长生殿[62]，夜半无人私语时。
在天愿作比翼鸟[63]，在地愿为连理枝[64]。
天长地久有时尽，此恨绵绵无绝期[65]。

【注释】

1. 汉皇：原指汉武帝刘彻。汉武帝宠幸李夫人，这里借以指唐玄宗和杨贵妃之间的关系。李夫人出身倡家，未入宫前，其兄李延年在武帝面前唱"北方有佳人，绝世而独立，一顾倾人城，再顾倾人国"，引起了武帝的注意，李夫人因而入宫。事见《汉书·外戚传》。"倾城""倾国"，本来是夸张形容美色的迷人，后来一般都用作美女的代称。

2. 御宇：御临宇内，即统治天下。

3. "杨家有女"二句：蜀州司户杨玄琰，有女杨玉环，玉环自幼由叔父杨玄珪抚养，开元二十二年（734）被册封为唐玄宗之子寿王李瑁之妃，天宝四载（745）被唐玄宗册封为贵妃。白居易此谓"养在深闺人未识"，是作者有意为帝王避讳的说法。

4. 丽质：美好的品貌。

5. 六宫粉黛：指宫中所有嫔妃。古代皇帝设六宫，正寝（日常处理政务之地）一，燕寝（休息之地）五，合称六宫。粉黛，粉黛本为女性化妆用品，粉以抹脸，黛以描眉。此代指六宫中的女性。无颜色：意谓相形之下，都失去了美好的姿容。

6. 华清池：在昭应县（今陕西省西安市临潼区）东南骊山上。其地有温泉，唐开元中，建温泉宫，天宝时，改名华清宫。玄宗常往避寒，开浴池十余处。

7. 凝脂：指白嫩而润滑的皮肤。《诗经·卫风·硕人》语"肤如凝脂"。

8. 侍儿：婢女。

9. 云鬓：《木兰诗》："当窗理云鬓，对镜贴花黄。"形容女子鬓发盛美如云。金步摇：一种金首饰，用金银丝盘成花之形状，上面缀着垂珠之类，插于发鬓，走路时摇曳生姿。

10. 芙蓉帐：绣着莲花的帐子。形容帐之精美。萧纲《戏作谢惠连体十三韵》：珠绳翡翠帷，绮幕芙蓉帐。

11. 春宵：新婚之夜。

12. 金屋：《汉武故事》记载，武帝幼时，姑妈将他抱在膝上，问他要不要自己的女儿阿娇做妻子。他笑着回答说："若得阿娇，当以金屋藏之。"

13. 姊妹弟兄：指杨氏一家。杨玉环受封后，其大姐封韩国夫人，三姐封虢国夫人，八姐封秦国夫人。伯叔兄弟杨铦官拜鸿胪卿，杨锜官拜侍御史，杨钊赐名国忠，天宝十一年为右丞相，故云"皆列土"（分封土地）。

14. 可怜：可爱。

15. "遂令"二句：意思是遂使传统的重男轻女的社会风气都改变了。据陈鸿《长恨歌传》记载，当时民谣有："生女勿悲酸，生男勿喜欢！""男不封侯女作妃，看女却为门上楣。"

16. 骊宫：即华清宫。因为在骊山（今陕西临潼）之上，故称。

17. 凝丝竹：指弦乐器和管乐器伴奏出舒缓的旋律。

18. 渔阳：郡名，郡治在今天津蓟县，当时属于平卢、范阳、河东三镇节度使安禄山的辖区。天宝十四载（755）冬，安禄山在范阳起兵叛乱。鞞（pí）鼓：古代军中用的小鼓，即骑鼓。

19. 霓（ní）裳羽衣曲：舞曲名。本名《婆罗门》，是西域乐舞的一种。唐开元年间，西凉节度使杨敬述依曲创声，才流入中国。有"杨氏创声君造谱"之说。乐曲着意表现虚无缥缈的仙境和仙女形象。

20. 九重城阙：指京城。京城为皇宫所在，皇宫门有九重，故云。烟尘生：指发生战事。

21. "千乘"句：天宝十五年（756）六月，安禄山破潼关，逼近长安。玄宗带领杨贵妃等出延秋门向西南方向逃走。当时随行护卫并不多，"千乘万骑"是夸大之词。乘，一人一骑为一乘。

22. "翠华"二句：李隆基西奔至距长安百余里的马嵬驿（今陕西兴平），扈从禁卫军发难，不再前行，请诛杨国忠、杨玉环兄妹以平民怨。玄宗为保自身，只得照办。翠华，天子之旗，或云天子乘舆上所树的华盖，以翠鸟羽为饰。百余里，指到了距长安一百多里的马嵬坡。

23. 六军：古代天子六军，这里指护卫皇帝的羽林军。

24. 宛转：凄楚的样子。蛾眉：古代美女的代称，此指杨贵妃。《诗经·卫风·硕人》有"螓首蛾眉"。

25. 花钿：用金翠珠宝等制成的花朵形首饰。委地：丢弃在地上。

26. 翠翘：首饰，形如翡翠鸟尾。金雀：金雀钗，钗形似凤（古称朱雀）。玉搔头：玉簪。《西京杂记》卷二：武帝过李夫人，就取玉簪搔头。自此后宫人搔头皆用玉。

27. 云栈：高入云霄的栈道。萦纡（yíng yū）：萦回盘绕。剑阁：又称剑门关，在今四川剑阁县北，是由秦入蜀的要道。此地群山如剑，峭壁中断处，两山对峙如门。诸葛亮相蜀时，凿石驾凌空栈道以通行。

28. "峨嵋山"句：由长安到成都，并不经过峨嵋山，这里泛指蜀中的山。

29. 行宫：皇帝出行时住的地方。

30. 夜雨闻铃：《明皇杂录》补遗："明皇既幸蜀，西南行，初入斜谷，霖雨涉旬，于栈道雨中闻铃音，与山相应。上既悼念贵妃，采其声为《雨霖铃曲》以寄恨焉。"这句暗咏其事。后《雨霖铃》成为宋词词牌名。

31. 天旋日转：谓大局转变。肃宗至德二年（757）十月，郭子仪军收复长安，肃宗派太子太师韦见素迎玄宗于蜀郡。同年十二月，玄宗还京。回龙驭（yù）：皇帝的车驾归来。

32. 空死处：空见死处。"见"字省略，意承上半句"不见玉颜"的"见"。

33. 信马归：意思是无心鞭马，任马前进。

34. 太液：汉建章宫北的池名。未央：汉宫名。汉朝开国时丞相萧何所营建。这里借"太液""未央"泛指宫廷池苑，并非实叙。

35. "西宫"句：西宫，太极宫。南苑，兴庆宫。苑，一作"内"。兴庆宫在东内之南，故称南内。玄宗还京后，初居兴庆宫，因临近大街，时常与外界接触，肃宗左右的人唯恐他有复辟的野心，将他迁入太极宫的甘露殿，加以变相的软禁。这句以下，所写的是居西宫时的情况。说"西宫南苑"，是连类而及的。

36．梨园弟子：指玄宗当年训练的一批艺人。

37．椒房：后妃所住的宫殿。用椒和泥涂壁，取其香暖多子之意。阿监：宫中女官。青娥：年轻的宫女。

38．孤灯挑尽：古时用油灯照明，为使灯火明亮，过一段时间就要把浸在油中的灯草往前挑一点。挑尽，说明夜已深。按，唐时宫廷夜间燃烛而不点油灯，此处旨在形容玄宗晚年生活环境的凄苦。

39．耿耿：微明的样子。欲曙天：长夜将晓之时。

40．鸳鸯瓦：两片嵌合在一起的瓦。简称鸳瓦。霜华：霜花。

41．翡翠衾：翡翠被。上面饰有翡翠的羽毛。《楚辞·招魂》有"翡翠珠被，烂齐光些"，言其珍贵。谁与共：与谁共。

42．"临邛（qióng）"句：意谓这道士是临邛人，来到京城作客。临邛，县名，唐属剑南道，今四川省邛崃县。鸿都，东汉都城洛阳的宫门名，这里借指长安。《后汉书·灵帝纪》："光和元年二月，始置鸿都门学士。"

43．排空驭气：即腾云驾雾。

44．穷：找遍的意思。碧落：道家称天界为碧落。黄泉：指地下。

45．玲珑：华美精巧。五云起：耸立在五色的彩云之中。

46．绰约：美好轻盈貌。

47．参差：仿佛，差不多。

48．金阙：金碧辉煌的神仙宫阙。玉扃（jiōng）：玉门。

49．"转教"句：意谓仙府庭院重重，须经辗转通报。小玉，吴王夫差小女的名字，殉情而死。双成，董双成，传说中西王母的侍女。这处借喻太真的侍女。

50．九华帐：绣着各种图案的帷帐。《博物志》卷三："汉武帝好仙道，祭祀名山大泽，以求神仙之道。时西王母遣使乘白鹿告帝当来，乃供帐九华殿以待之。"

51．珠箔（bó）：用珍珠穿成的帘子。银屏：镶嵌银丝花的屏风。迤逦：连延貌。

52．新睡觉：刚睡醒。觉，醒。

53. 仙袂飘飖：衣袖飘摇。袂（mèi），衣袖。飖（yáo），随风摇动。

54. 玉容寂寞：神色黯淡凄楚。阑干：纵横交错的样子。这里形容泪痕满面。

55. 含情凝睇（dì）：无限深情地注视着。

56. 昭阳殿：汉成帝宠妃赵飞燕的寝宫。此借指杨贵妃生前的宫殿。

57. 蓬莱宫：泛指仙境。蓬莱是神话中海外三山之一。这里借指杨太真所住的仙境。

58. 人寰（huán）：人间。

59. 旧物：指生前与玄宗定情的信物。

60. 寄将去：托道士带回。

61. "钗留"二句：把金钗、钿盒分成两半，自留一半。擘（bò），分开。合分钿，将钿盒上的图案分成两部分。

62. 长生殿：天宝元年（742）建造在骊山华清宫内的祀神的斋宫。这里指华清宫内贵妃的寝殿。

63. 比翼鸟：传说中的鸟名，据说只有一目一翼，雌雄并在一起才能飞。

64. 连理枝：两株树木树干相抱。古人常用此二物比喻情侣相爱、永不分离。

65. 恨：遗憾。绵绵：长久不绝的样子。

《长恨歌》是一首长篇故事诗，诗人白居易在一气舒卷之中，为我们描述了一个曲折离奇的爱情悲剧。其中，故事情节完整、人物形象鲜明，而在语言音节上则发挥了乐府歌行的特点，流畅匀称，优美和谐，便于理解和歌唱，对后世产生了深远的影响。

公元806年，白居易出任盩厔县尉，和友人陈鸿、王质夫一同到马嵬驿附近的仙游寺游览，谈及李隆基与杨贵妃的旧事。王质夫认为，像这样突出的事情，如无大手笔加工润色，就会随着时间的推移而消没。他鼓励白居易："乐天深于诗，多于情者也，试为歌之，如何？"于是，白居易参照传说逸闻写下了这首长诗。因为长诗的最后两句是"天长地久有时尽，此恨绵绵无绝期"，所以他们就称这首诗为《长恨歌》。

先来看看男主角唐明皇的形象，诗歌开头就定下调子——"汉皇重色思倾国"，诗人认为，正是唐明皇的好色断送了江山，酿造了他和杨贵妃的爱情悲剧。诗人突破传统观念，把安禄山反叛的祸根和爱情悲剧的原因都归咎于唐明皇的"重色"，具有进步意义。"御宇多年求不得"是说唐玄宗在普天之下百般求色，是对"重色"的进一步描写，"求不得"一方面为唐玄宗和杨贵妃的爱情埋下伏笔，另一方面也暗藏了二者爱情的基础，告诉读者杨贵妃绝不仅依靠闭月羞花的美貌赢得皇帝的宠爱，她还靠自身的才华获得李隆基的爱情。这也是白居易同情二者悲剧故事的基础。唐玄宗不仅是开创了"开元盛世"的一代明君，而且知晓音律，酷爱乐曲歌舞，他曾经挑选乐师三百人，教习于皇家禁苑梨园，又挑选宫女数百人，习艺于宜春苑，还经常组织排练和表演，称"皇帝梨园弟子"，而"梨园""梨园子弟"也由此得名。相传《霓裳羽衣舞》就是唐玄宗创作的乐舞，是这所皇家艺术学院最为得意的作品。因此，当唐玄宗遇到杨玉环时，除了惊讶于美人的资质丰艳之外，想必还欣赏美人于音律和歌舞等方面的才华。

"春宵苦短日高起，从此君王不早朝"，一代明君也难逃人性弱点，沉醉在美人的芙蓉帐里，他开始荒废朝政。"承欢侍宴"以下八句是写唐玄宗对杨贵妃的专宠和宫廷的奢侈生活，皇帝爱屋及乌，杨氏弟兄们得高官厚禄，姐妹们得荣华富贵。荒废朝政、赏赐无度，这是对唐明皇"重色"形象的具体描写，这也正是他们爱情悲剧的基础，安禄山发动内乱的祸根。

"君王掩面救不得，回看血泪相和流"，渔阳鼙鼓，君王薄情。面对六军发难，一代君王威仪尽失，无力保江山，更无力救美人，他只能选择处死杨贵妃。

"行宫见月伤心色，夜雨闻铃肠断声。"蜀地山清水秀，引得君王相思情。"芙蓉如面柳如眉，对此如何不泪垂？""夕殿萤飞思悄然，孤灯挑尽未成眠。"这四句写唐玄宗回宫后睹物伤情、夜不能寐，更希望杨贵妃的魂魄能入梦来相会。真是早知今日，何必当初呢！薄情君王偏痴情，后世读者也为之感动，这得归功于白居易情真意切的文辞与超前的思维。诗人让皇帝从神化的宝座中走入现实生活，还君王以普通人的七情六欲，让后世读者看到开创"开元盛世"的唐玄宗的另一面——重色奢侈，薄情却又痴情。

接下来看看女主角杨贵妃的人物形象。诗人对杨贵妃的描写是不吝文辞，充满爱慕与同情的。分为三个场景，第一个场景是宫内生活，"一朝选在君王侧"。"杨家有女初长成"先交代她的身世，"养在深闺人未识"是为帝王避讳，也是对其过往的有意隐藏。"回眸一笑百媚生""侍儿扶起娇无力"，她青春妩媚,一如盛开的国花牡丹;她柔弱多情,又如杨柳缠绵,"温泉水滑洗凝脂""云鬓花颜金步摇""缓歌慢舞凝丝竹";她肌肤如玉,云鬓花颜,能歌善舞,一支《霓裳羽衣舞》更是出神入化。

  第二个场景:马嵬坡六军驻马,"宛转蛾眉马前死"。"宛转"写出了杨贵妃临死前的哀怨与不安,也许,她不如那些聪慧的后妃,意识到皇帝的专宠会给她带来灭顶的遭难。也许,她还想不明白,那个她崇拜的一代君王为何不能庇护她,甚至还把她推向死亡。也许,她想如果她的死能换来皇帝的平安,怕也是值得的吧。所以,她要自己死得有尊严,"花钿委地无人收,翠翘金雀玉搔头"透露了至少两个信息:一是杨贵妃赴死时仍然是妆容细致,装饰美丽的;二是再次描写了君王的薄情和无奈。如此细节,当是诗人想象,亦不难看出诗人对杨贵妃的同情。

  第三个场景:蓬莱仙山中,玲珑楼阁间。此处是诗人根据民间传说的想象之笔。先用"雪肤花貌"概写外貌,想象杨贵妃死后魂魄入仙山、归仙位,成为蓬莱仙山的仙子,"字太真"更要为这种传说提供现实依据。其中,"揽衣推枕""仙袂飘飘""梨花带雨"写出了仙子太真优美的姿态,动人的神情。接着"梦魂惊"是神态描写,写太真听到汉家天子特派使者来寻,帐中惊醒。"花冠不整下堂来"更是描绘了她的惊喜。这可怜的杨玉环,已经忘了马嵬坡中君王的薄情,反而为此时天子的痴情牵挂所感动,她"梨花一枝春带雨""含情凝睇谢君王",又诉衷肠"蓬莱宫中日月长",寄去定情信物。最后,她还劝慰君王"天上人间会相见"。

  白居易笔下的杨贵妃娇媚多情,美丽多才,善解人意。

  我们来梳理一下唐玄宗与杨贵妃爱情悲剧的始末。第一阶段是"名花倾国两相欢,长得君王带笑看",这是他们爱情的开始和欢乐阶段,在宫廷过着奢侈豪华、比翼双飞的幸福生活。第二阶段是"冀马燕犀动地来,自埋红粉自成灰",这是情变,天子逃奔蜀川,美人撵落成灰。第三阶段是唐玄宗在时局稳定后从蜀地回京,对杨贵妃朝思暮想的思念。第四阶段是道士在东海仙山中寻觅杨贵妃,仙境中的杨贵妃生活寂寞,不忘旧情地托道士带回信物给唐明皇,重申"在天愿作比翼鸟,在地愿为连理枝"的爱情誓言。

  诗人借历史人物和传说,创造了一个回旋曲折的动人故事,并通过塑造的艺术形象,再现了现实生活的真实,感染了千百年来的读者,诗的主题是"长恨"。该诗对后世诸多文学作品产生了深远的影响。比如明清传奇《长生殿》就取材自这首《长恨歌》,并极大地增加了当时的社会和政治方面的内容,改造和充实了唐明皇和杨贵妃的爱情故事。剧本虽然谴责了唐玄宗的穷奢极侈,但同时又表现了对唐玄宗和杨玉环之间爱情的同情,间接表达了对唐朝统治者的同情,还寄托了对美好爱情的理想。

戏剧欣赏

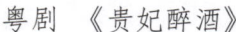

粤剧 《贵妃醉酒》

《长恨歌》是诗歌艺术酝酿的璀璨明珠,《长生殿》是戏剧艺术打造的闪烁明星,也许是《长恨歌》的故事之回旋曲折、韵律之美妙和谐打动了洪昇,因此,当洪昇在创作《长生殿》时主要取材于《长恨歌》。

公元1688年,洪昇历经十年创作、三易其稿的传奇(戏剧)《长生殿》正式问世,引起了巨大轰动。该剧不仅是当时几大著名班社,如聚和班、内聚班等的成名剧,而且赢得后宫的喜爱,邀请戏班在皇家内廷演出,江宁织造曹寅也在南京排演全本《长生殿》并邀请洪昇前去观赏。该剧共五十出,重点描写了唐朝天宝年间皇帝昏庸、政治腐败给国家带来的巨大灾难,导致王朝几乎覆灭。其中,中国著名京剧表演艺术家梅兰芳的京剧《贵妃醉酒》被认为是对《长生殿》片段的最成功改编。《贵妃醉酒》又名《百花亭》,是一出单折戏,描写的是杨玉环深受唐明皇的荣宠,本是约唐明皇百花亭赴宴,但久候不至,随后知道他早已转驾西宫,于是羞怒交加,万端愁绪无以排遣,遂命高力士、裴力士添杯奉盏,饮致大醉,后来恨然返宫的一段情节。该剧通过动作和唱词、曲调,表达杨贵妃由期盼到失望,再到怨恨的复杂心情。该剧不以情节取胜,它细腻生动地以难以比拟的优美,表现了杨贵妃这个绝代美人由喜悦到烦闷的心境变化。借鉴京剧的剧本和表演模式编成的粤剧《贵妃醉酒》,深受海内外粤剧爱好者的喜爱。

虞 美 人[1]

[南唐] 李煜

他是词人，花间词派的代表人物；他是书法家，尤擅行书，挥洒如意；他是画家，"铁钩锁"画竹，意境高远；他是虔诚的佛教徒，大建佛寺、优待僧众、醉心佛法；他是南唐后主，亡国之君。"流水落花春去也，天上人间"写尽一代国君的亡国之殇，而《虞美人·春花秋月何时了》更被称为绝命词。

春花秋月何时了[2]，往事知多少？小楼昨夜又东风，故国不堪回首月明中[3]！

雕栏玉砌应犹在[4]，只是朱颜改[5]。问君能有几多愁[6]？恰似一江春水向东流。

【注释】

1. 虞美人：原为唐教坊曲，后用为词牌名。此调初咏项羽宠姬虞美人死后地下开出一朵鲜花，因以为名。又名"一江春水""玉壶水""巫山十二峰"等。双调，五十六字，上下片各四句，皆为两仄韵转两平韵。
2. 了：了结，完结。
3. 故国：指南唐故都金陵（今南京）。
4. 雕栏玉砌：指远在金陵的南唐故宫。砌，台阶。应犹：一作"依然"。

5. 朱颜改：指所怀念的人已衰老。朱颜，红颜，少女的代称，这里指南唐旧日的宫女。

6. 君：作者自称。能：或作"都""那""还""却"。

此词作于北宋太宗太平兴国三年，即公元978年，这一年是李煜归降大宋后的第三年。相传李煜于七月七日生日当晚，在寓所命故妓作乐唱此词，因为词中流露了不加掩饰的故国之思，触怒了宋太宗，是李煜被毒死的导火线。

李煜是一位失败的国君，但却是一位优秀的艺术家，他精书法、工绘画、通音律、善诗文，尤以词的成就最高。李煜的词，继承了晚唐以来温庭筠、韦庄等花间派词人的传统，又受李璟、冯延巳等的影响，语言明快、形象生动、用情真挚，风格鲜明，其亡国后词作更是题材广阔，含意深沉，在晚唐五代词中别树一帜，对后世词坛影响深远。其中，《虞美人》是其后期词作的典型代表，通过对自然永恒与人生无常的对比，抒发了亡国后顿感生命落空的悲哀。

该词分上、下两阕，上阕表达了对故国缠绵不绝的忧思和对往事不堪回首的悔恨之意。开篇问天："春花秋月何时了，往事知多少？""春花秋月"原本是美好的事物，词人却追问它们何时能结束。因为此时李煜已是阶下囚，他害怕如此良辰美景勾起往事而伤怀，企盼这种煎熬的生活能够早日结束。开宝八年十二月，金陵失守，李煜奉表投降，南唐灭亡，次年正月，李煜被俘送到宋朝京师，受封违命侯，颇受屈辱。此时李煜所愁是人生自由的丧失、纸醉金迷享乐生活的一去不复返，还是国破家亡的悔恨，我们不得而知。但据史书记载，李煜当国君时，日日纵情声色，不理朝政，枉杀谏臣，透过此诗句，不难看出这位从威赫的国君沦为阶下囚的南唐后主，此时此刻心中有的不只是悲苦愤慨，想必也有悔恨之意。紧接着"小楼昨夜又东风，故国不堪回首月明中！"东风来临，又一年了，怕是楼下春花又将怒放了吧，抬头望月，忍不住回首故国，可我在这小楼苟且偷生，南唐的王朝、李氏的社稷却早已被断送在我的手上了。"东风"本是春的使者，带来万物萌芽的春的希望，可在这位亡国之君的心里，却只不过是提醒他苟延残喘又一年的信号而已，他看不到未来的希望，他活着的每一天，都只有对故国的忧思和对往事的悔恨。词人用极其凝练、明净的语言，来表达人生的大痛大悲，令读者动容。

下阕问己,以水喻愁,写出了愁恨的涨溢恣肆、悠长深远,使抽象的情感有迹可循,打动人心。"雕栏玉砌应犹在,只是朱颜改。"故都金陵华丽的宫殿大概还在吧,只是那些丧国的宫女朱颜已老。这两句不仅是对宫殿佳人的思念,更是对已逝去的一切美好事物、美好生活的怀念,同时暗含着对国土更姓,山河变色的感慨!这也是为什么这首诗最终成为宋太宗处死李煜的导火线的深层原因。"问君能有几多愁?恰似一江春水向东流。"词人自问自答,四两拨千斤,将亡国之痛、受降之辱、受监之苦化作汹涌翻腾、无穷无尽的春水,显示了这种愁恨在内心郁结的力度和深度,声情并茂,汇成了旷世名句。

全词书写亡国之痛,意境深远,通过凄楚中不无激越的音调和曲折回旋、流走自如的艺术结构,使词人沛然莫御的愁思贯穿始终,如怨如诉,让读者不禁也走入这无尽东流、不舍昼夜的春水罹恨中。

粤剧 《南唐残梦》

粤剧《南唐李后主》1987 年由陈自强、王凡石编剧,并于同年由广州粤剧团首演,导演郭慧,王凡石、林锦屏、赵锦荣、梁金城等主演。剧本获 1989 年第三届广东省"鲁迅文艺奖"优秀剧目奖、广东省广州市庆祝中华人民共和国成立四十周年文艺创作一等奖。同年参加第一届"羊城艺术博览月"和第二届中国艺术节(中南)演出。1990 年,获第五届全国优秀剧目提名奖。《南唐残梦》由梁耀安、李淑勤主演,该剧以南唐灭国为背景,描写了南唐后主李煜与小周后在汴京的亡国生活,以李煜的诗词穿插其中,是一出经典的粤剧。

钗 头 凤

[宋] 陆游

南宋文学家陆游,我们读过他"山重水复疑无路,柳暗花明又一村"的哲理,读过他"三万里河东入海,五千仞岳上摩天"的磅礴,读过他"零落成泥碾作尘,只有香如故"的清高,读过他"王师北定中原日,家祭无忘告乃翁"的牵挂,可能却错过了他的深情。

红酥手,黄縢酒[1],满城春色宫墙柳[2]。东风[3]恶,欢情薄。一怀愁绪,几年离索[4]。错,错,错!

春如旧,人空瘦。泪痕红浥[5]鲛绡[6]透。桃花落,闲池阁[7]。山盟[8]虽在,锦书难托[9]。莫,莫,莫[10]!

【注释】

1. "红酥手"二句:陈鹄《耆旧续闻》卷十载陆游至沈氏园,"去妇闻之,遣遗黄封酒、果馔,通殷勤",此书其事。红酥手,红润白嫩的手。黄縢(téng)酒,即黄封酒。宋代官酒以黄纸为封,故以黄封代指美酒。

2. 宫墙柳:用以暗喻唐琬如宫墙柳的可望而不可即,与下片"锦书难托"句相呼应。一说绍兴原为古代越王宫殿所在,宋高宗建炎四年(1130)至绍兴,曾以此为行都,故有宫墙之称。

3. 东风:暗喻陆游的母亲。

4. 离索：离散。

5. 浥（yì）：湿润。

6. 鲛绡（jiāo xiāo）：神话中鲛人（人鱼）所织的丝绢，后世用为手帕的别称。任昉《述异记》："南海出鲛绡纱。"鲛，原用作"蛟"，字通。

7. 池阁：池上的楼阁。

8. 山盟：盟誓如山，不可移易，故称。

9. 锦书难托：唐氏已另有丈夫，按照封建礼法，不能再与之通书信。

10. 莫，莫，莫：表示无可奈何、只好作罢的意思。

《钗头凤》是这首词的词牌名，此词描写了词人与原配唐琬的爱情悲剧。唐琬是同郡唐姓士族的一名大家闺秀，父亲是郑州通判唐闳，母亲李氏媛，祖父是北宋末年鸿儒少卿唐翊。唐琬自幼文静灵秀，才华横溢，陆家曾以一支精美无比的家传凤钗作信物，与唐家定亲。陆游在20岁左右与唐琬成婚。婚后原本伉俪相得、琴瑟甚和，是一对情投意合的恩爱夫妻。后因陆母的不满，陆游迫不得已休妻。而陆母不满的缘由，也许是怕陆游儿女情长，荒疏功业，也许是看唐琬未能继承香火，不到三年，便棒打鸳鸯。最初陆游暗想假意冷待唐琬，但很快就被陆母识破了，并在母亲的逼迫下另娶王氏为妻。不久，唐琬也改嫁"同郡宗子"赵士程为妻，彼此之间音信全无。七年后的一个春日，陆游在家乡山阴（今浙江省绍兴市）城南禹迹寺附近的沈园，与偕夫同游的唐琬邂逅。唐琬安排酒肴，聊表对陆游的抚慰之情。陆游见人感事，心中感触很深，遂乘醉吟赋这首词，信笔题于园壁之上。

该词上片追忆往昔美满的爱情生活，感叹被迫离异的痛苦，下片由感慨往事回到现实，进一步抒写与妻子被迫离异的巨大哀痛。

"红酥手，黄縢酒，满城春色宫墙柳。"这是一个特写镜头，写出了往昔与妻子同游沈园的情景。春色满园，宫墙上，碧绿的柳条在微风中轻轻摇曳，你红润的手为我端起酒杯，杯中黄縢酒香醇温厚，望着你人面桃花，真是酒不醉人人自醉啊。紧接着"东风恶，欢情薄"是写两人的婚变。"东风"是婚变的罪魁祸首。天有不测风云，人有旦夕祸福，那狂吹乱扫的东风，破坏了春日的温馨宁静。"一怀愁绪，几年离索"，美满姻缘被拆散，恩爱夫妻被分离，他们就像那春花，被无情的东风摧残，各自飘零凋谢，真是错，错，错啊！"错，错，错"三字写出了词人不能明说的痛苦与无奈。

"春如旧，人空瘦，泪痕红浥鲛绡透。"这又是一个特写镜头，写沈园重逢，唐琬的变化。如今又到了春天的沈园，万紫千红依旧你却憔悴了，你手上的手帕被泪水浸透，就连脸上的胭脂都把手帕染红了，如今的我们已是"使君自有妇，罗敷自有夫"，可你却白白为相思而消瘦。这三句，似乎是词人在心里为唐琬默念的叹词。"桃花落，闲池阁"，看到伊人独憔悴，纵使身处满园春色，也似秋风扫落叶啊。"山盟虽在，锦书难托"，永远相爱的誓言还在，可是锦文书信再也难以交付，罢了，罢了，罢了！

沈园，是词人悼念和唐琬爱情悲剧的特定舞台，沈园，见证了他们的相聚与离别，词人在这里追昔抚今，运用对比手法，表现婚变给唐琬带来的巨大精神折磨和痛苦，全词以"东风恶"为转折点，下片以"春如旧"呼应上片的"满城春色"，"满城春色"渲染了婚变前两人的甜蜜生活；下片以"桃花落，闲池阁"呼应上片的"东风恶"，"桃花落"渲染了婚变后唐琬的憔悴与凄楚。全词节奏急促，声情凄紧，"错，错，错"和"莫，莫，莫"先后两次感叹，荡气回肠，表达了词人恸不忍言、恸不能言的苦衷。

唐琬回到家中，愁怨难解，不禁和词一首，即《钗头凤·世情薄》。词中描写了唐琬与陆游被迫分开后的种种心事，直抒胸臆，哀婉动人，情感复杂。观者无不为之怆然。唐琬郁郁寡欢，不久就去世了。附上唐琬词如下：

世情薄，人情恶，雨送黄昏花易落。晓风干，泪痕残，欲笺[1]心事，独语斜阑[2]。难，难，难！

人成各，今非昨，病魂常似秋千索[3]。角声寒，夜阑珊[4]，怕人寻问，咽泪装欢。瞒，瞒，瞒！

【注释】

1. 笺：写出。
2. 斜阑：指栏杆。
3. "病魂"句：描写精神恍惚，似飘荡不定的秋千的绳索。
4. 阑珊：衰残，将尽。

诗心艺韵

戏剧欣赏

粤剧 《沈园题壁》

粤剧折子戏《沈园题壁》以陆游和原配唐氏（一说为唐琬）的爱情悲剧为背景，重点演绎他们在被迫分开，又各自成亲后，在沈园的一次偶然相遇的情景，表达了他们眷恋之深和相思之切，抒发了他们怨恨愁苦而又难以言状的凄楚痴情。曹秀琴、罗家宝等粤剧名家都曾演绎过这出折子戏。《沈园题壁》已成为经典的粤剧折子戏剧目。

观《苏卿持节》剧[1]

[明] 祝允明

在陕西省武功县有一处文物保护单位——苏武纪念馆。纪念馆东临漆水，西依凤岗，依山傍水，环境优美，这是为纪念汉代著名的外交家苏武而建的。成语"高风亮节"原本说的就是苏武作为汉使的气节和高尚德行。

观苏便欲拜，见李还生嗤[2]。
遇霍乃张胆[3]，睹卫遽轩眉[4]。
萧萧十年节[5]，淹淹五言诗[6]。
皓皓阴山雪[7]，能疗首阳饥[8]。
飞雁旧孤愤[9]，羝羊触余悲[10]。
勿云戏剧微，激义足吾师[11]。

【注释】

1.《苏卿持节》：元周文质所作杂剧。全名《持汉节苏武还朝》。苏，即苏武（前140—前60），字子卿，杜陵（今陕西西安）人。汉武帝天汉元年（前100）以中郎将出使匈奴，被留。匈奴单于胁迫其投降，苏武不屈，被迁至北海（今俄罗斯境内贝加尔湖）牧羊。苏武啮雪食草子，持汉节牧羊十九年，节旄尽落。昭帝即位，与匈奴和亲，苏武得归。节，符节，古时使臣执以示信之物。以竹为之，柄长八尺。节上所缀牦牛尾饰物，称节旄。

2. 李：即李陵。李陵（前134—前74），字少卿，陇西成纪（今甘肃省天水市秦安县）人。西汉名将"飞将军"李广长孙，为苏武好友，战败投降。生嗤（chī）：讥笑。

3. 霍：霍去病（前140—前117），河东平阳（今山西省临汾市）人，西汉名将、军事家，官至大司马骠骑将军。大将军卫青的外甥，为人果敢任气。年十八为侍中，善骑射。曾六次出击匈奴，涉沙漠，远至狼居胥山。封冠军侯，为骠骑将军。张胆：放胆，增添勇气。

4. 卫：卫青（？—前106），字仲卿，河东平阳（今山西省临汾市）人。西汉时期名将，汉武帝第二任皇后卫子夫的弟弟，汉武帝在位时官至大司马大将军，封长平侯。自元朔二年（前127）至元狩四年（前119）前后七次出击匈奴，屡立战功，收河南地。置朔方郡。遽（jù）：遂，就。此二句意即一睹苏武的风采，犹如遇到霍去病勇气倍增，仿佛见到卫青气宇轩昂。

5. 萧萧：稀疏貌。十年：苏武留匈奴十九年，这里举其成数。

6. 淹淹：深沉。五言诗：《昭明文选》载有《苏武诗四首》，《古文苑》中辑有苏武《答李陵诗》一首，《别李陵》一首。这些都是五言诗，表现了苏武坚贞不屈的节气。多数研究者认为是后人托名之作。

7. 皓皓：洁白。阴山：山名。今河套以北、大漠以南诸山的统称。

8. 首阳：山名。在今山西省永济县南。相传商遗民伯夷、叔齐不食周粟，饿死于此地。本句以伯夷、叔齐比苏武。

9. 飞雁：匈奴与汉和亲，汉求苏武等人，匈奴诡言武已死。武属吏常惠夜见汉使，教其诡言汉昭帝射上林中，得北来雁，雁足有系帛书，言武等在某泽中。使者如惠语以责单于，武因得归。孤愤：孤独之愤。

10. 羝（dī）：公羊。匈奴使苏武于北海牧公羊，扬言待公羊产子乃释放。

11. 激义：激发义愤。

祝允明是明代著名书法家，也擅长诗文，与唐寅、文徵明、徐祯卿并称"吴中四才子"。他长相奇特，而自嘲丑陋，又因右手有枝生手指，故自号枝山，世人称为"祝京兆"或"祝枝山"。本诗是一首咏剧诗，即吟咏与戏剧有关的诗，通过一定顺序来叙述戏剧表演的情形，或借咏剧来咏怀，或表达诗人的观剧感受与体会。戏曲，如同小说一样，在中国古代向来是被看作不登大雅之堂的雕虫小技的。但是随着戏曲本身的发展，它在人民文化生活中的地位越来越重要，也使得不少文人对这种新兴、通俗的艺术样式刮目相看。"勿云戏剧微，激义足吾师"，祝允明的这种看法在当时是难能可贵的。

"观苏便欲拜，见李还生嗤"，观看剧中的苏武令作者倍感崇敬，见到李陵则充满讥笑之情。首两句是对剧中两个人物的定位——崇敬苏武而轻视李陵。李陵是西汉名将、"飞将军"李广的长孙。公元前99年10月，奉汉武帝之命出征匈奴。同年11月，率五千步兵与八万匈奴兵战于浚稽山，最后因寡不敌众兵败投降。由于汉武帝误听信李陵替匈奴练兵的讹传，汉朝夷灭其三族，致使李陵彻底与汉朝断绝关系。后来单于把公主嫁给李陵，被且鞮侯单于封为坚昆国王，做了右校王。李陵也是苏武的好友，苏武被拘期间，单于曾派他去劝降，但苏武正气凛然，李陵只能羞愧而回。李陵一生充满国仇家恨的矛盾，许多戏剧作品对他的矛盾和痛苦有细致的描写。

"遇霍乃张胆，睹卫遽轩眉"，这二句应是对剧中苏武出使匈奴情节的概括，描绘了苏武气宇轩昂出使匈奴的形象，把他和霍去病、卫青相提并论。霍去病和卫青都是西汉名将、军事家，是以一敌百、驰骋沙场，大败匈奴、收复汉土的武将，苏武虽是文臣，但他的风采、他对匈奴的震慑力并不亚于他们。

"萧萧"六句是对剧中苏武牧羊北海剧情的概括。苏武出使匈奴，由于副中郎将张胜参与匈奴兵变，连累苏武连坐。兵变失败后，张胜请降，苏武誓死不降，单于想迫使他投降，就囚禁苏武，置于大地窖内，不给他吃喝。天下雪，苏武嚼雪，同毡毛一起吞下，几日不死。匈奴以为他是神人，就将苏武迁至北海，让他放公羊，说等公羊生小羊才可归汉。同时把他的部下常惠等人安置到别的地方。苏武到了北海，没有供应粮食，只能掘野鼠所储藏的果实吃。苏武挂着汉节牧羊，起居都拿着，以致节上毛全部脱落。李陵劝降正是发生在这个阶段，因此，苏武写五言诗明志，抒发坚贞不屈的节气。

最后两句"勿云戏剧微，激义足吾师"是对戏剧表达的浩然正气及教化功能的肯定。

这首咏剧诗主要是对剧中人物形象及情节的概括与提炼，文字简洁，表达准确，难能可贵的是提出了"勿云戏剧微，激义足吾师"的进步观点。

戏剧欣赏

京剧 《苏武牧羊》

　　《汉书·李广苏建传》里"苏武牧羊"的故事令无数人感动，苏武不屈的英雄形象也经京剧、豫剧、秦腔等的传唱家喻户晓。以苏武为主要人物的戏曲，南戏有《苏武牧羊记》，元杂剧有周文质《持汉节苏武还朝》，明代传奇有无名氏《白雁记》、祁彪佳《全节记》，川剧有《白阳河》，粤剧有《猩猩追舟》等。

点 绛 唇[1]

[宋] 李清照

"千古第一才女"李清照的诗词，我们读过不少吧，纯真浪漫的有"争渡，争渡，惊起一滩鸥鹭"，大胆娇憨的有"怕郎猜道，奴面不如花面好"，相思悱恻的有"此情无计可消除，才下眉头，却上心头"，凄清忧伤的有"寻寻觅觅，冷冷清清，凄凄惨惨戚戚"，大气决断的有"生当作人杰，死亦为鬼雄"。她的词作，对人生经历和时代风云的描绘真挚自然，信手拈来，感人至深，不胜枚举。

蹴[2]罢秋千，起来慵[3]整纤纤手。露浓花瘦，薄汗轻衣透。
见客入来，袜刬金钗溜[4]。和羞走，倚门回首[5]，却把青梅嗅。

【注释】

1. 点绛唇：词牌名。
2. 蹴（cù）：踏。此处指打秋千。
3. 慵：懒，倦怠的样子。
4. 袜刬（chǎn）：这里指跑掉鞋子以袜着地。金钗溜：意谓快跑时首饰从头上掉下来。
5. 倚门回首：靠着门回头看。

这首词写的是词人少女时期一次荡秋千的奇遇。李清照出生于一个爱好文学艺术的士大夫的家庭，父亲李格非是北宋文学家，是苏门"后四学士"之一，为官廉洁清正；母亲是状元王拱辰的孙女，很有文学修养。浓厚的家学渊源与轻松的成长环境使得李清照长成了一名聪慧活泼的少女。而通过《点绛唇》这首词，我们又看到了这位"千古第一才女"健康阳光的一面。

上阕用简练明快的语言描写一位荡秋千的少女，改变了我们对于古代小姐只能琴棋书画做女红的刻板印象，这是一位活泼健康、充满阳光的少女。"露浓花瘦"，点明了这个故事发生在早上。自家的花园里，朝阳初升，瘦瘦的花枝上晶莹的露珠还没有退去，少女已经荡秋千荡得香汗淙淙，罗衣湿透了，正好手也麻了，下来娇慵地整了整纤细嫩白的双手，这是多么生活化的描写啊。

下阕写奇遇，是这首词作戏剧冲突的高潮。"见客入来"，宁静的花园中闯入了外来者，据说是李清照的哥哥带来的客人，此人正是当朝官员赵挺之的第三子赵明诚。这时候，正是少女运动过后比较狼狈的时候，鞋也没有穿，怎么办呢？顾不了那么多了，"袜刬金钗溜"，只穿着袜子，带着几分羞涩，一溜烟似的往闺房奔跑，慌乱中头上的金钗掉到地上也顾不得拾起。可又不免心生好奇，想打量这位异性客人，于是，最富戏剧性的动作出现了，"倚门回首，却把青梅嗅"。她奔向闺房，却情不自禁地倚门回首偷窥一眼，心理打探着，手中却下意识地做了一个十分有意味的动作——嗅青梅。低头嗅青梅，写出了少女的娇羞，而"倚门回首"又写出了少女的聪明与大胆。

全词以白描手法，勾勒出一个荡秋千的少女形象，节奏轻松，遣词造句精练准确，而塑造的人物形象真实有趣，回味无穷。

戏剧欣赏

越剧 《李清照》

《李清照》是一部新编越剧作品，由罗怀臻编剧，南京市越剧团展演，于2001年在南宁市举行的第七届中国戏剧节中获中国曹禺戏剧奖优秀剧目奖、优秀编剧奖等奖项。内容是宋代少女李清照，在秋千上与年轻的学者赵明诚吟诗诵词，结为知音。婚后，夫妻志同道合，相敬如宾，沉浸在诗词创作和《金石录》的编撰之中。10年后，赵明诚赴任离家，夫妻聚少离多。金人入侵中原，李清照经历了国亡家破、背井离乡、丈夫病死异乡、古董尽数被骗的一迭迭苦痛与灾难。直到晚年，李清照仍不能回到魂牵梦萦的故乡。该剧以女词人之纯、少妇之爱、中年之悲、暮年之哀为主线，用李清照12首著名诗词做连接，反映了女词人在追求美好理想却历经悲壮的人生中，夫妻携手守护优秀传统文化、忧国忧民、借词抗争的高尚人格和爱国主义情怀。

拓展阅读

诗词怎样丰富戏剧的审美

　　中国戏剧成熟发展于宋元之际，它与中国诗词的关系，就像母亲与孩子般亲密。长期以来，中国戏剧从诗歌中吸取了丰富的营养，无论是曲词还是宾白，甚至是科范都充满了诗词的神韵，散发着诗意的芬芳。

　　先以曲词为例，来看看中国古典戏剧是如何汲取古诗词的精华，丰富自身的审美内涵的。曲词即曲辞，是戏剧人物的语言，往往具有鲜明的个性色彩，通常配曲演唱。曲词在创作时与诗词一样，讲究平仄、押韵、对仗等，同时还要符合相对固定的曲调——宫调。一方面，中国古典戏曲，都是由数目不等的套曲和宾白科范组成的，其中，曲子连贯地以代言体形式吟咏某人某事，为戏剧的整体服务，成为戏剧的载体。曲子不仅本身就是诗歌的一种，而且还大量化用前人的诗词，熔铸成优美的语句。例如郑光祖的元杂剧《倩女离魂》第一折【后庭花】曲中"望迢迢恨堆满西风古道。想急煎煎人多情人去了，和青湛湛天有情天亦老"，化自李贺的诗《金铜仙人辞汉歌》"衰兰送客咸阳道，天若有情天亦老"句，表达张倩女与情郎王文举离别的忧虑。王实甫元杂剧《西厢记》第四本第三折【端正好】曲中"碧云天，黄花地，西风紧，北雁南飞"化自范仲淹的词《苏幕遮》"碧云天，黄叶地。秋色连波，波上寒烟翠"句，抒发崔莺莺与张生十里长亭送别的离愁别绪。洪昇的明清传奇《长生殿》第五十出《重圆》曲词："不知天上宫阙，今夕是何年？我欲乘风归去，只恐琼楼玉宇，高处不胜寒。起舞弄清影，何似在人间"，直接引用苏轼《水调歌头》的诗句，写唐玄宗将在道士的指引下飞升月宫与玉环相会。《长生殿》多处化用前代诗词中的名篇佳句，曲词优美，清丽流畅、刻画细致、抒情色彩浓郁。唱词的化用或直接引用是古典戏剧自觉向诗词这一正统文学靠拢的主要途径。实际上，元代以后，文人士大夫加入戏剧的创作队伍，是元曲走向成熟的重要原因，因此，中国戏剧在创作方法与审美价值上与诗词具有骨肉亲情是必然走向。

另一方面，古典戏剧把对意象、意境的追求也融入剧本的创作中。意象、意境本是中国诗论的重要范畴，剧作家们在写作时同样注重在情节安排、景物描写和人物塑造上体现写意性的特点。中国古典戏曲的意境之美与一个个意象的创造是密切相关的。剧作家首先把主体感情渗透到对大自然景物的描绘中，创造出情感饱满的意象，内在情感与外在的景观高度统一，就形成了极富审美价值的意境。例如在戏剧中，疾风骤雨是恶劣社会环境或者压迫者的象征、红豆是相思的象征、兰花是廉洁的象征、黄花是贞洁的象征、柳树是恋人的象征，而后花园通常伴随着明月、花木、春色、烟柳、短墙、残垣等，通常是小姐内心追求与爱情萌发的地方，是小姐精神追求与自我觉醒的象征。戏曲的表演，在方寸舞台之中跨越千山万水，演绎悲欢离合，因此，对意象的塑造和意境的营造是其主要的艺术手法，也是最见剧作家功力的创作方法之一。

中国古典戏曲是中国传统艺术之一，是民族文化孕育的璀璨明珠，在其发展过程中，受诗词的浸润与滋养，和诗词形成了密不可分的血缘关系。我们应该好好把握两者这种天然的联系，使中国戏曲这一传统文化结出更加红艳的果实。

（资料来源：吴晟. 中国古代诗歌与戏剧互为体用研究［M］. 北京：北京大学出版社，2014.）

参考文献

［1］朱东润. 中国历代文学作品选［M］. 上海：上海古籍出版社，2017.

［2］萧涤非. 唐诗鉴赏辞典［M］. 上海：上海辞书出版社，1983.

［3］唐圭璋，钟振振. 宋词鉴赏辞典［M］. 上海：上海辞书出版社，2013.

［4］朱光潜. 诗论［M］. 北京：中华书局，2012.

［5］张之为. 唐诗与音乐［M］. 广州：暨南大学出版社，2017.

［6］李杰荣. 诗歌与绘画［M］. 广州：暨南大学出版社，2018.

［7］杨名. 唐代舞蹈诗研究［M］. 北京：人民出版社，2016.

［8］季世昌. 毛泽东诗词书法诗意画鉴赏［M］. 北京：商务印书馆国际有限公司，2012.

［9］杜甫，仇兆鳌，陆俨少. 杜甫诗意图册［M］. 杭州：浙江人民美术出版社，2014.

［10］吴晟. 中国古代诗歌与戏剧互为体用研究［M］. 北京：北京大学出版社，2014.

［11］闫笑雨，尚红. 中国音乐中的文学［M］. 广州：广东教育出版社，2016.

［12］李春青，桑思奋. 诗赋词曲联精鉴辞典［M］. 北京：中国国际广播出版社，1991.